목마 퓨전 판타지 장편소설
WISHBOOKS FUSION FANTASY STORY

 **18**

목마 퓨전 판타지 장편소설

초판 1쇄 찍은 날 | 2020년 11월 19일
초판 1쇄 펴낸 날 | 2020년 11월 26일

지은이 | 목마
펴낸이 | 예경원

기획 | 위시북스
편집책임 | 이은송
편집 | 위시북스

펴낸곳 | 예원북스
등록번호 | 제396-2012-000132호
등록일자 | 2012. 7. 25
KFN | 제1-570호

주소 | 경기도 고양시 일산동구 호수로 646-24 위너스21 II빌딩 206A호 (우)10401
전화 | 031-819-9431 팩스 | 031-817-9432
E-mail | yewonbooks@naver.com

ISBN 979-11-365-4510-7 04810
      979-11-6424-342-6 (set)

무공을 배우다

18 완결

목마 퓨전 판타지 장편소설

WISHBOOKS FUSION FANTASY STORY

Wish Books

CONTENTS

1장
몬스터

순식간이었다.

덮쳐온 어둠이 퓨어세인트의 몸을 집어삼켰다. 그 순간에 퓨어세인트는 사라의 어깨를 놓았다.

의미 있는 행동은 아니었다. 퓨어세인트가 계속 사라를 붙잡고 있거나, 설령 길동무 삼아 끌어당겼다고 해도. 사라는 아무런 해를 입지 않았을 것이다.

하지만 퓨어세인트는 직접 사라의 어깨를 놓았다.

얼마 남지 않은 신력은 더 이상 버텨주지 않았다. 퓨어세인트의 몸뚱이가 통째로 붕괴했다.

그 와중에서 퓨어세인트는 힘겹게 눈을 깜빡거렸다. 뻐근하게 움직이는 눈동자가 간신히 움직여 사라를 보았다.

시선이 마주친 잠깐이 서로에게는 영원처럼 느껴졌다. 사라는 자신도 모르게 입을 틀어막았다.

마녀를 증오했다. 퓨어세인트의 죽음을 눈앞에서 본다면 분명 후련한 기분을 느낄 것이라 생각했다.

전혀 아니었다. 사라의 두 눈이 눈물로 가득 차오르는 것을 퓨어세인트는 지그시 바라보았다.

몸뚱이가 완전히 사라지고, 소멸이 머리까지 침식해 올 때. 퓨어세인트가 입술을 작게 뻐끔거렸다.

목소리는 들리지 않았다. 하지만 그녀가 하고자 했던 말은 틀림없이 사라에게 전해졌다.

사라는 주저앉은 채 울먹거리는 눈으로 퓨어세인트가 소멸하는 것을 보았다.

[잡았다.]

마신이 즐거운 목소리로 소곤거렸다.

화악!

모두가 보는 앞에서 공간이 작게 열려 통로를 만들었다. 소멸한 퓨어세인트의 잔재는 남김없이 그 속으로 빨려들어 갔다.

[계약대로 퓨어세인트를 받았다. 하지만 끝나지 않았다.]

백현은 천천히 고개를 끄덕거렸다. 마신과 계약해 주기로 한 것은 둘이다.

퓨어세인트와 어비스.

[지켜보는 재미도 있겠다만. 덕분에 난 네가 더 갖고 싶어졌다. 바뀌는 것은 없다. 필요하다면 바라도록 해라.]

그것을 마지막으로 마신의 목소리는 들리지 않았다. 드디어 손에 넣은 퓨어세인트를 가지고 노는 것에 몰두하고 싶은 모양이었다.

백현은 퓨어세인트가 앞으로 어떻게 될까에 대해서는 그리 생각하고 싶지 않았다.

퓨어세인트에게 제대로 골탕을 먹은 마신이 퓨어세인트에게 자비를 베풀어줄 리는 없었다. 차라리 죽는 것이 나을 삶이 퓨어세인트의 미래일 것이다.

백현은 천천히 사라에게 다가갔다. 양손으로 얼굴을 덮은 그녀는 펑펑 울고 있었다.

백현은 사라의 앞에서 걸음을 멈추고 쭈그리고 앉았다. 엉엉 울던 사라가 고개를 들어 백현을 보았다.

"못생겼어."

백현은 그렇게 중얼거리면서 사라의 얼굴을 향해 손을 뻗었다. 머리는 흐트러지고, 눈 주변과 코가 빨갛게 붓고. 얼굴에 달라붙은 먼지가 눈물에 녹아 얼룩이 되었고, 콧물도 줄줄 흐르고 있었다.

"……자."

사라가 입술을 열었다.

흐느낌이 잔뜩 섞인 목소리는 잘 나오지도 않았고 문장이 되지도 않았다. 하지만 사라는 훌쩍거리면서도 계속 말했다.

"잘…… 있으라고 했어."

목소리를 내지 않고 입술만 뻐끔거리면서. 퓨어세인트는 틀림없이 그렇게 말했다.

사라는 소멸하던 퓨어세인트의 얼굴을 평생 잊을 수 없을 것 같았다.

그 순간에, 퓨어세인트는 자신이 앞으로 어떻게 될지를 알았을 것이다. 사라와 대화를 나누는 순간에도 등 뒤의 경계는 게을리 한 것도 아니었다.

퓨어세인트는 백현이 자신을 죽이기 위해 손을 뻗는 것을 보지는 못했어도 분명히 느꼈었다.

하지만 저항하지 않았다. 백현에 대한 가득한 증오가 살의가 될 뿐 실제로 그를 죽일 수는 없다는 것을 퓨어세인트는 이미 알고 있었고, 체념도 했다.

하지만 완전히 절망하지는 않았다.

끝내 퓨어세인트는 자신이 붙잡고 있는 인간성을 버리지 않았다.

"날 놔줬어."

백현은 말없이 사라가 쏟아내는 눈물을 닦아주었다. 너무 많은 눈물이 그녀의 뺨을 더럽힌 얼룩을 씻어주었다.

"웃…… 었어."

최후의 순간에 퓨어세인트는 완전히 절망하지도 않았고, 저항하지도 않았다.

그녀는 자신에게 허락된 많지 않은 시간을 배후의 공격을 대비하는 것보다 사라와 대화하는 것에, 사라의 얼굴을 보는 것에 몰두했다.

덕분에 안녕이라는 인사말을 들을 수 있었다. 예전에 하지 못했던 작별의 말을 화답해 줄 수 있었다.

"날 원망해?"

백현은 사라의 눈 밑을 손가락으로 훔쳐 주며 물었다. 그 질문에 사라의 어깨는 한 번 흠칫 떨렸다.

이윽고 그녀는 고개를 저었다.

"……내가 바랐던 거야."

"하지만 내가 페레하를 죽였잖아."

짓궂을 정도로 파고드는 질문에도 사라는 고개를 가로저었다.

"난 돌아가고 싶지 않아."

너무 많이 울어버렸다. 하도 문질러 비벼댄 탓에 눈꺼풀도 부었다. 대뜸 해온 못생겼다는 말. 경황이 없어서 발끈하지도 못했는데…….

발끈할 것도 없다. 사라는 지금 자신이 못생겼다는 것을 겸허히 인정했다.

"그곳이 지옥이라서?"

백현은 조용히 물었다.

사라는 다시 한번 눈을 비볐다. 눈동자에 고인 눈물 때문에 앞이 잘 보이지 않았다.

하지만 한 번 문지르고 나니 이제는 잘 보였다. 사라는 눈물에 차 보이지 않았던 백현의 얼굴을 이제야 제대로 보았다.

그건 기묘한 기분이었다. 멀지 않은 곳에서 자신을 내려 보고 있는 백현은, 천사처럼 보이기도 했고 악마처럼 보이기도 했다.

사라는 멍하니 백현을 바라보다가, 홀린 듯이 대답했다.

"여기가 천국이라서 돌아가고 싶지 않아."

그렇게 대답하고, 사라는 무너지듯 백현의 품에 안겼다. 백현은 당황하지 않고 품에 안긴 사라의 등을 쓸어주었다.

기껏 멈췄던 눈물이 다시 펑펑 쏟아진다.

"고마워."

흐느낌 너머에서 백현의 중얼거림이 들었다.

사라는 그렇게 한참 동안 울었다.

퓨어세인트가 죽었기 때문에 성역은 더 이상 유지되지 않았다.

백현이 사라를 데리고 지구로 돌아왔을 때, 성역에 있던 모든 이들은 이미 밖으로 나와서 백현을 기다리고 있었다.

"더는 무리야."

뭐라고 말도 하지 않았는데, 악몽의 결정자가 대뜸 우는 소리를 냈다. 그녀는 샤나크에게 공주님처럼 안겨서 양팔을 축 늘어뜨리고 있었다.

"네 무모함에 어울려 주느라 너무 힘을 뺏어. 더 이상은 무리야."

거짓말은 아니었다. 악몽의 결정자는 간신히 의체를 유지하고 있었고, 샤나크를 중심으로 선 흑마법사들이 바쁘게 입술을 달싹거리며 퍼져 나가는 광기를 대신 억눌러 주고 있었다.

흑장미여왕도 말은 하지 않았지만, 그녀의 상태는 악몽의 결정자보다 결코 낫지 않았다.

바닥에 주저앉아 호흡을 고르던 흑장미여왕이 백현을 보며 빙그레 웃었다. 퓨어세인트의 본질 따위 흑장미여왕이 알 바는 아니었다.

결국 퓨어세인트는 백현에게 죽었고, 그것으로 흑장미여왕과 백현 사이의 약속은 이루어졌다.

"터무니없는 녀석 같으니."

무령은 진이 빠진 라이 룽을 부축하고 있었다. 그는 백현을 보며 징그럽다는 표정을 지으며 몸서리를 쳤다.

그럴 수밖에 없었다.

그 짧은 사이에 백현은 또다시 멀어졌고, 이제는 손이 닿기는커녕 잘 보이지도 않는 곳까지 가버린 기분이었다.

질린 표정을 짓고 있기는 했지만 무령의 눈에는 분명한 경외가 어려 있었다.

백현은 그런 무령의 시선을 알아보고 히죽 웃었다.

"잘 따라와. 다른 길로 새지 말고."

"……무슨 말을 하는 거냐?"

이해하지 못한 무령이 되물었지만, 백현은 대답해 주지 않고 웃기만 했다.

그다음에 눈에 들어온 것은 바닥에 납작 엎드려서 머리를 감싸 쥐고 있는 해리였다.

백현은 하이로드의 죽음에 아무런 연민을 느끼지 않았다. 해리에게도 마찬가지였다.

죽지 않고 살아남은 것을 보면 아주 재수가 없는 놈은 아닌 듯했다. 백현은 잠시 해리를 쳐다보다가 마룡왕 쪽으로 고개를 돌렸다.

그녀는 주변의 시선따위는 아무 신경도 쓰지 않고, 알몸으로 비늘을 고르고 있었다.

사실 알몸이라고 하여 마룡왕을 음흉한 눈으로 보는 이들은 아무도 없었다.

마룡왕이 와주지 않았다면 퓨어세인트가 마신의 힘까지 사용해 가며 날뛰는 것을 그만큼이나 버티지 못했을 것이다.

신격이 아닌 흑마법사들조차도 마룡왕의 힘을 경외하고 있었다.

"또 본녀를 부려먹을 셈이오?"

마룡왕은 백현의 품에 안겨 잠든 사라를 힐긋 보다가 말했다. 그 투덜거림에는 불만이 아닌 다른 감정이 섞여 있었다.

"화났어?"

"아니, 화가 나지는 않았소. 질투하고 있을 뿐이오."

그리고 마룡왕은 솔직하게 털어놓았다. 그 말에 백현의 눈이 동그랗게 떠졌다. 마룡왕은 심드렁한 눈을 하고서 사라를 턱으로 가리켰다.

"본녀가 그 계집아이만큼이나 약했다면 홀로 상처를 돌볼 일도 없었겠지."

"질투?"

"뭐, 그렇다고 해서 본녀의 힘에 불만이 있는 것은 아니외다. 본녀는 지닌 힘이 자랑스럽소. 약한 것보다는 강한 것이 낫지."

마룡왕은 그렇게 말하면서 뭉개진 비늘을 긁어냈다. 그래도 뿌리는 손상되지 않았다. 이 정도쯤이야 먹고 자면 금방 낫는다.

"무슨 말인지 알겠소? 본녀는 강해야 하오. 힘이야말로 본녀의 모든 행동을 정당화시키지. 딱히 부족하단 생각은 하지 않았소만, 이제는 조금 부족한 것 같군."

백현을 보는 마룡왕의 눈이 얇아졌다. 백현은 아까 전 마룡왕이 했던 말을 떠올렸다. 자신보다 강한 남자를 인정한다고 했었나.

백현은 너털웃음을 터뜨렸다.

"이번에는 도와주지 않아도 돼."

"도와달라고 해도 도와주지 않을 것이오. 만신창이가 되어서가 아니라."

마룡왕은 손을 들어 어느 한쪽을 가리켰다.

역천자의 팔괘각은 이만한 사태가 벌어졌음에도 고요해 보였다.

"그대들의 싸움은 본녀가 침범할 수 없는 영역이오. 힘의 문제가 아니지. 저곳은 신격을 죽이는 치명적인 독이 가득하오. 그대가 아니고서는 그 누구도 들어갈 수 없을 것이오."

아무리 마룡왕이 신격에서 타락했다고 해도. 혼돈에 완전한 면역을 가진 것은 아니다.

혼돈의 사도를 자처하는 역천자의 팔괘각은, 어비스 이상 가는 혼돈이 가득할 것이 분명했다.

"응."

백현은 고개를 끄덕거리며 마룡왕에게 다가갔다. 백현은 사라를 품에 안고서 마룡왕의 앞에 앉았다.

"그러니 나 혼자 가야 돼."

"이번에도 돌아올 수 있다고 확신하고 있소?"

마룡왕의 눈이 반짝 빛났다.

그녀는 역천자의 전력을 도무지 확신할 수가 없었다. 호른의 지하에서 타락하고 눈을 떴을 때, 처음으로 역천자를 보았지만······.

그때도 마찬가지였다. 마룡왕은 혼돈과 융화한 역천자가, 대체 어떤 존재가 되었는지를 알 수 없었다.

그때 역천자와 대면해 느꼈던 것은 이해할 수 없고 위험한 광기뿐이었다.

"돌아갈 곳이 있으니까. 돌아올 수 있겠지."

백현은 그렇게 말하면서 사라를 내려다보았다. 그리고 등 뒤를 보았고, 다시 앞을 보았다. 마룡왕과 한 번 시선이 마주쳤다.

그 뒤에 백현은 또다시 앞을 보았다. 그는 자신이 개척해 나가야 할 외로운 길을 응시했다.

"돌아와야 할 이유도 있으니까, 어떻게든 돌아와야 해."

"동기는 힘을 부여하지."

마룡왕이 키득거렸다.

"돌아갈 장소와 돌아가야 할 이유가 확실하다면, 돌아올 수 있을 것이오. 그대가 돌아올 필요가 없게 되었다면 또 모를 일이나."

"돌아올 거야."

백현은 웃으며 대답했다. 그는 품에 안겨 새근새근 잠든 사라를 마룡왕에게 넘겨주었다.

"그래서 두고 가는 거야."

마룡왕은 눈을 끔벅거리며 백현을 보았다.

자신을 보는 시선이 얄미웠다. 저 눈이 눈앞에 있는 자신이 아닌 다른 곳을 보고 있음을 알았기 때문이다. 그 뒤에, 사라를 보았다. 그조차도 얄미웠다.

"왜 본녀에게 맡기고 가는 것이오?"

"둘이 좀 친해지라고."

"본녀는 애완동물을 키우는 취미 따위는 없소. 헥헥거리며 꼬리를 흔드는 개는 살갑지만 사실 질투가 많지. 도도해 보이는 고양이는 앙칼지고 심술궂어."

마룡왕은 투덜거리면서 사라의 몸을 조심스레 받아주었다.

"이 계집아이는 그 둘을 모조리 섞어놓았군. 몬스터요."

"괴물이 아니라?"

"괴물은 너무 세보이잖소."

마룡왕은 앉은 다리 위에 사라를 올려놓았다. 그러면서 사라의 뺨을 손가락으로 쿡쿡 찔렀다.

"취미는 없었소만, 이제 와서 새로운 취미를 붙이는 것도 나쁘진 않을 것 같군. 가지고 놀 재미는 있겠어."

"친해졌으면 좋겠다니까."

"가지고 노는 장난감에 정을 들이면 그게 애정이지 또 뭐겠소?"

백현은 피식 웃으며 몸을 일으켰다. 그는 뻐근한 허리를 쭉 세우며 기지개를 켰다.

"조금 쉬고 가지 그래?"

등 뒤에서 악몽의 결정자가 외쳤다. 하지만 백현은 고개를 저었다.

"아뇨. 지금이 딱 좋아요."

적당히 힘을 뺐다.

적당히 피곤했다.

하지만 육체는 지금이 만전이다. 싸워야 한다면 지금이야말로 적기다. 긴장은 최고조였고 마음은 아직 갈망하고 있었다.

더 싸우고 싶었고, 더 싸울 수 있었다. 이런 기분은 흔치 않다. 싸우고 싶다는 마음은 언제나 있고 싸울 수 있는 것도 언제나 있겠지만, 부족해 느끼는 갈증은 지금이 아니면 느끼기 힘들다.

그렇다면 지금 가야 한다. 지금이 아니면 언제겠나.

"다녀올게."

백현은 손을 흔들며 팔괘각으로 향했다. 굳이 가겠다고 하니 잡을 수는 없었다. 누구 하나 잡거나, 함께 가줄 상태도 아니었다.

"언제까지 잠든 척하고 있을 셈이오?"

마룡왕은 백현이 팔괘각 안으로 들어가는 것을 보며 물었다.

마룡왕의 다리 위에 웅크린 사라는, 눈을 최대한 얇게 뜨고 열심히 곁눈질을 해대며 팔괘각 너머로 사라진 백현의 등을 쫓고 있었다.

"……어떻게 알았어?"

"울고 싶은 것을 잔뜩 참는 얼굴이 요란한데, 우문이라 생각하지 않소?"

"……언제부터 알았어?"

"처음 받았을 때부터. 백현도 알고 있었을 것이오."

그래서 그런 말을 한 것이겠지. 돌아가야 할 장소가 있고, 돌아가야 할 이유가 있다고. 마룡왕은 피식 웃으며 읊조렸다.

사라의 귀가 확 달아올랐다.

"뭐. 그 말은 그대만 들으라고 한 말은 아니겠지만 말이오."

마룡왕의 이죽거림에 사라는 실눈을 부릅떴다. 그리고 재빨리 버둥거리며 몸을 일으키려 했다.

"어허."

마룡왕은 사라가 일어서지 못하게 양손으로 지그시 사라의 몸을 눌러주었다.

아무리 마룡왕이 지쳤다고 해도 사라가 마룡왕을 떨쳐내기란 요원했다.

"얌전히 있으시오."

"놔!"

"친해졌으면 좋겠다고 말하지 않았소? 본녀도 그리하겠다고 마음먹었으니, 그리되도록 어울려 줘야겠소."

마룡왕은 바짝 고개를 숙이며 키득거렸다. 그 시선이 왠지 모르게 음흉했다.

사라는 식겁하여 턱을 당겼다.

"놔! 이 괴물……."

"아마, 아니, 필시. 본녀가 그대보다 나이가 많을 것이오. 그렇잖소?"

마룡왕의 손이 사라의 정수리를 덮었다. 그 뒤에 마룡왕의 손은 마치 강아지나 고양이에게 하는 것처럼 사라의 머리를 쓰다듬었다.

그와 동시에 마룡왕의 손끝이 사라의 턱 아래쪽을 간질였다.

"본녀는 괴물이라는 말은 꽤 좋아하지만, 그 호칭에 애정을 섞기는 힘들다 생각하오. 생각해 보면……. 본녀는 누군가를 오라버니라 부른 적은 있어도, 반대로 불린 적은 없구려. 그러니까."

마룡왕의 눈이 빙그레 휘어졌다.

"언니라고 불러보시오."

"이 미친……."

음흉함을 넘어 시선이 위험하다 느꼈다.

사라는 오싹거리는 기분을 느끼며 몸을 움츠렸다.

그러면서도 열심히 저항하려 발을 허우적거렸지만, 반으로 뚝 잘린 마룡왕의 꼬리가 사라와 마룡왕을 통째로 휘감았다.

마룡왕은 가학심과 즐거움으로 사라의 귓가를 손끝으로 간질였다. 그러자 사라의 얼굴이 창백해졌다가 빨개졌다.

"흠."

마룡왕은 고개를 끄덕거렸다.

"아무래도 본녀에게도 소녀다운 면이 남았던 모양이오."

귀를 간질이던 손이 사라의 뺨으로 내려왔다. 통통하지도 않은 주제에 말랑거리는 사라의 뺨이 마룡왕의 손가락에 잡혀 당겨졌다.

"몬스터도 제법 귀여운 것 같소."

사라의 얼굴이 수치심으로 붉게 폭발했다.

2장
못 봐

생각했던 것과는 조금 달랐다.

웅장한 동양풍의 궁궐이나 누각을 생각했는데, 역천자의 성역인 팔괘각의 안은 공허했다.

그래도 생각했던 것과 완전히 다르지는 않았다.

'호흡이 편해.'

이곳은 혼돈이 가득했다. 어비스의 이면과 연결되었던 헌드레드의 성역과도 비교가 안 될 정도였다. 그토록 농밀한 혼돈이지만 호흡은 거슬리지 않았다.

백현은 주변을 쓱 둘러보았다.

여전히 아무것도 보이지 않는다.

하지만 눈으로 보이는 것을 믿어서는 안 된다.

자신의 감각을 신뢰했다가 이미 몇 번이나 역천자에게 농락 당한 경험도 있었다.

그리고 그 시절에는 보이지 않았던 것들이 지금은 보인다.

백현은 주먹을 휘두르거나 힘을 발산하지 않고 몇 걸음 앞 으로 걸었다. 그저 걸을 뿐인데 공간이 흔들리기 시작했다.

걸음으로 왜곡된 흐름이 새겨져 있던 괴문자를 드러내게 만 들었고, 굳이 손댈 것도 없이 문자가 빛을 내며 산화했다.

"기쁘군."

검었던 세상이 연기가 되었다. 뭉글거리는 연기가 백현을 휘감았다가 사방으로 흩어졌다.

백현은 흩날리는 머리카락을 넘기면서 연기가 향하는 곳을 보았다.

모든 것이 희었다. 그 공허한 백색과 큼직한 항아리를 등지 고 역천자가 앉아 있었다.

"해주었던 조언을 잊지 않고 체득한 것을 이 눈으로 직접 본 다. 조언해 준 자로서 이만큼 기쁜 일이 또 있을까."

역천자가 어깨를 들썩거리며 웃었다.

이미 몇 번이나 보았던 놈인데. 여태까지와는 행색부터가 딴판이었다.

쓰고 있는 가면부터가 달랐다. 지금의 역천자의 가면은 음 양태극을 그리고 있었고, 마치 사자탈처럼 요란한 회색 갈기를 어깨와 등 뒤로 늘어뜨리고 있었다.

화려한 것은 가면뿐만이 아니었다. 역천자가 입은 옷도 음양태극의 가면처럼 백색과 흑색이 조화를 이룬 제사복이었다.

"예의를 갖추고 싶었을 뿐이네."

그렇게 말하는 주제에, 역천자는 일어서지도 않고 앉아 있었다.

"우리의 만남은 오늘이 마지막일 게야. 서로 중 하나는 필시 내일을 기약할 수 있겠지만, 하나는 내일을 보지 못하고 죽게 되겠지."

"상복이라는 거냐?"

"그럴 수도 있고 아닐 수도 있겠지. 어쩌면 이 옷을 입고 내일을 볼 수도 있을 거야. 아니면 자네 말대로 죽어 입는 상복이 될 수도 있을 게고."

역천자의 두 눈이 고요하게 가라앉았다.

"물론 나는 오늘을 마지막으로 하고 싶지는 않네. 살아서, 내일을 보고 싶거든."

"넌 진짜 모르겠어."

백현은 질렸다는 표정을 지으며 고개를 절레절레 저었다.

"네 맹목적인 동기도 이해가 안 가고. 대체 혼돈을 전파해서 뭐 어쩌겠다는 건데?"

"그건 스스로 선택하는 걸세."

역천자가 무릎 위에 양손을 올려놓았다.

"난 혼돈의 세상을 만들 뿐일세. 그 세상에서 어찌할지 선택하는 것은 그 세상을 살아갈 존재들이 할 일이지. 누군가는 혼돈에 삼켜져 소멸하고, 누군가는 혼돈에 침식되어 괴물이 되고, 누군가는……. 혼돈을 이해하겠지."

"그러면 대체 뭐가 좋은데?"

"나도 모르네."

역천자가 웃으며 대답했고, 백현의 입술이 멍청히 벌어졌다.

"내가 이런 존재가 될 것이라고는 혼돈을 이해하기 전에는 상상도 하지 못했어. 지금 이런 존재가 되었다고 해서 다른 이들이 어찌 될지 어찌 가늠할 수 있겠나? 혼돈은 결코 가늠할 수 있는 것이 아닐세."

"어떻게 될지도 모르는 것을 그렇게 맹목적으로 소망하고, 추구했다고?"

"모르니까 더 즐거운 것 아닌가? 설마 자네에게 그런 말을 들을 줄은 몰랐군."

역천자가 오히려 이상하다는 표정을 지었다. 그 말에도 백현은 반박하지 못하고 입을 다물었다.

하긴. 뭐가 일어날지 뻔히 아는 것보다는, 뭐가 일어날지 모르는 것이 오싹하고 즐거운 법이다.

"어땠나?"

무릎 위에 올라가 있던 역천자의 손바닥이 천천히 펼쳐졌다.

백색의 세계에서 검은 먹물 같은 것이 나타나더니 역천자의 손 위로 모여들었다. 그것이 뭉쳐 형성된 것은 길쭉한 붓이었다.

"퓨어세인트를 죽였잖나. 그녀 덕에 꽤 많은 고생을 했었을 텐데. 후련하지는 않나?"

"네가 할 말은 아니지. 따지고 보면 퓨어세인트보다 날 짜증 나게 한 건 너야."

백현은 고생과 짜증을 구분했다.

"그러는 넌? 퓨어세인트와 손을 잡았잖아. 퓨어세인트를 써서 날 죽이고 싶었던 것 아니었나?"

"자네는 월드이터를 멸했네."

역천자가 붓을 지팡이 삼아서 몸을 일으켰다.

"굉장히 안타까운 일이었어. 돌이킬 수 없는 일이기도 했고. 나로서는 다음을 생각할 수밖에 없었네."

"그 전부터 퓨어세인트와 호박씨를 깠으면서."

"서로의 바람은 어느 정도 일치한다고 보았네. 물론 그녀가 거짓말을 하고 있다는 것은 알았지만. 그 정도야 웃어줄 수 있는 거짓말이었지."

역천자가 허리를 쭉 편다. 그는 양손으로 잡은 붓을 한 바퀴 빙글 돌렸다. 하얗던 붓촉이 검게 물들었다.

"난 그녀의 적이 아니었네. 마신을 배신하기로 한 이상 퓨어세인트는 더 이상 어비스에 욕심을 낼 필요가 없고……. 그녀가 바라던 혼돈의 근원은, 자네를 죽여 얻을 수 있었겠지. 하지만 결국 실패했나. 그녀의 죽음은……. 즐겁지 않군. 난 그녀를 동정하고 있네."

진심으로 안타깝다는 듯 역천자는 고개를 저었다.

"간절히 바라던 것을 이루기 직전에 실패해 버린 것이잖나. 진즉에 주저앉았다면 모를까. 목전에서 실패해 버렸으니 동정할 수밖에 없군."

"자기 걱정이나 하지 그래?"

백현은 검게 물든 붓촉을 응시했다. 물들인 검은색이 불온하면서도 그렇게 느껴졌다. 그 기묘한 느낌은 역천자의 등 뒤에 있는 항아리에서 더욱 강하게 느껴졌다.

"어차피 똑같이 될 텐데."

"그럴 수도 있겠지."

붓이 세로로 섰다.

"아닐 수도 있겠고."

아래로 찍은 붓촉이 바닥에 닿았다.

화아악!

백색의 세계가 순식간에 검은 문자들로 가득 찼다.

백현은 당황하지 않고 주변을 둘러보았다.

"자네가 마신과 계약했다는 것은 알고 있네."

역천자가 성큼거리며 걷기 시작했다.

등 뒤에 있던 항아리에서 꿀렁거리며 먹물이 솟구쳤다. 백현은 고요한 눈으로 그것을 응시했다.

"그 탐욕스러운 절대자가 퓨어세인트의 혼만으로 만족할 리가 없지. 다음에 바치기로 한 것은 어비스겠지?"

역천자의 눈이 얇아졌다.

그런 시선은 처음이었다. 시선에 깃들었던 호의가 완전히 말살되었다.

"더 이상 자네에게 뜻을 함께하자 권할 수는 없겠군."

꽈지직!

먹물이 솟구치던 항아리가 박살 났다. 둥글게 뭉친 시커먼 덩어리가 역천자의 등 뒤에 떠올라 먹물을 쏟아냈다.

"자네는 세계 하나를 마신에게 바친다는 것이 무슨 뜻인지나 알고……."

"누가 보면 어비스가 되게 좋은 곳인 줄 알겠다."

백현은 어이가 없어서 투덜거렸다.

"사람을 보면 무조건 죽이려 드는 몬스터가 득실거리는 곳인데, 내버려 둬서 뭐 좋을 것이 있다고 날 나쁜 놈 취급하는 거야?"

"자네 역시 혼돈을 이해했을 진데!"

"너랑 다르게 이해했나 봐."

역천자의 눈이 매서워졌다.

콰르르르!

세계를 뒤덮고 있던 문자들이 일제히 움직였다. 보이지 않는 힘이 백현의 팔다리를 주박했다.

"확신이 없었어."

꽈드득!

팔다리에 가해진 힘이 거세어진다. 하지만 백현은 표정 하나 바꾸지 않고서 중얼거렸다.

"넌 워낙 신출귀몰한 놈이라서. 내 눈앞에 있어도, 진짜 있는 것이 맞다고 영 확신이 들지 않았거든."

우둑!

백현은 힘을 주어 어깨를 비틀었다. 힘이 쭈욱 당겨졌다가 끊어졌다.

백현은 문자의 움직임과 역천자와 그의 등 뒤에 있는 어둠을 보았다.

"하지만 이젠 확신이 가. 넌 지금 여기 있다."

다리를 붙잡은 힘은 백현의 걸음을 제지하지 못했다.

"그러면 됐어."

맨 처음 역천자를 만났을 때가 떠올랐다. 철혈궁의 계단을 오르던 중, 계단의 끝에 앉아 이쪽을 내려 보던 놈.

그때의 역천자는 등 뒤에서 혼돈을 내비치며 백현을 위압시켰다.

이제 와서 부정할 생각은 없었다. 당시의 백현은 틀림없이 역천자에게 두려움을 느꼈다. 그리고 줄곧 그 두려움을 꺼림 칙하게 여겨왔다.

그것이 역천자에게 가진 깊은 인상이었다. 그래서 최초로 적의를 품었다. 하지만 지금은 그때만큼 역천자가 두렵게 느껴지지 않았다.

지금 눈앞에 있는 역천자는 그때와 다를 것 없이 꺼림칙한 놈이었지만, 그 꺼림칙함은 절대로 두려움이 아니었다.

놈은 강할 것이다. 어쩌면 퓨어세인트만큼이나. 어쩌면 퓨 어세인트보다 더.

하지만 두렵지는 않다. 두려워할 이유가 없었다.

"넌 그냥 미친놈이야."

꽈아앙!

백현의 발이 땅을 박찼다. 그의 몸을 새로이 주박하려던 힘 들이 조금 늦게 백현의 뒤를 추격했다. 역천자는 눈을 부릅뜨 고서 붓을 양손으로 잡았다.

이곳은 팔괘각. 역천자의 성역이다. 하지만 달라질 것은 없 다. 결국 본질은 같다.

이 성역의 법칙이 혼돈에 비롯된 이상, 팔괘각의 법칙은 백 현을 강제로 억압할 수 없다.

미친놈이라는 평가를 역천자는 조금의 불쾌도 느끼지 않았 다. 오히려 기뻤다. 광기 또한 혼돈이다. 힘의 본질이 같다는 것은 서로에게 불리함도, 이점도 주지 않는다. 팔괘각 안에서 백현과 역천자의 조건은 동등했다. 퓨어세인트 때처럼 성역을 강림시켜 독립된 법칙을 무장하는 것은 불가능하다.

구애받지 않았다. 백현은 순식간에 역천자의 사각을 파고들어 그의 머리를 향해 손을 뻗었다.

그 순간이었다. 역천자의 몸이 휘청 무너지는 '것처럼' 보였다. 바닥에 닿아 있던 붓촉이 흰 바닥에 선을 그었다.

푸확!

역천자의 등 뒤에 있던 구체에서 어둠이 쏘아졌다. 둥그런 결계가 역천자의 몸을 휘감음과 동시에 백현을 덮쳤다.

백현은 역천자의 목을 움켜쥐려던 손을 쥐었다. 그리고 팔꿈치 관절에 순간적으로 제동을 걸었다가 다시 내질렀다.

'응?'

내지른 주먹에는 분명한 힘이 실렸을 것이다. 하지만 주먹은 너무나 쉽게 가로막혔다. 그 의외의 사태에 백현의 눈이 동그랗게 떠졌다.

반면에, 역천자의 반격은 닿기도 전에 '오싹'하는 기분이 들었다. 백현은 흠칫 놀라 몸을 날렸다. 하지만 완전히 피하지는 못했다. 아주 조금은 스쳐 버렸다.

백현은 공중에서 허리를 뒤로 젖히면서 어둠에 스친 자신의 가슴을 힐긋 보았다.

가슴팍이 얇게 베였다. 대단한 상처는 아니었다. 하지만 굉장히 '거슬렸다.'

"자네 말이 맞네."

역천자의 몸을 삼키고 있던 어둠이 무너져 내렸다. 그 어둠이 다시 등 뒤의 구체로 모인다. 거리를 두어 내려선 백현은 가슴을 손으로 한 번 더듬어 보았다.

재생되지 않는다.

"자네와 나는 달라. 다르게 이해했지. 나는 나 자신을 완전히 혼돈과 섞었고……. 자네는 분리했어."

그 중얼거림은 싸늘했다. 백현은 내질렀다가 손쉽게 가로막힌 자신의 주먹을 힐긋 보았다. 한번 쥐었다가 펴본다. 주먹의 감각은 다를 것이 없었다.

"난 아직 기대를 걸고 있네."

세계를 가득 채웠던 문자가 다시 움직였다. 그것들은 아까처럼 백현을 주박하려 들지 않았다. 한곳에 모인 문자들이 역천자의 등 뒤에서 활짝 펼쳐졌다. 그것은 거대한 술진이 되었다.

"자네가 아닌 자네에게 말이야."

"……아하."

백현은 이를 드러내어 웃었다.

역천자의 말대로였다. 백현은 역천자와 다르다. 그는 심연의 왕좌를 삼켰으나 아직 완전한 융화를 이루지는 않았다.

심연의 왕좌는 백현의 몸을 요람 삼아 다시는 깨어나지 않을 영원한 잠에 들었다. 백현은 탈각해 이룬 신격에 심연의 왕좌가 지닌 혼돈의 근원을 더해 싸우고 있을 뿐이다.

역천자에게 주먹을 뻗었을 때. 백현은 자연스럽게 '파천강기'를 썼다. 마기가 아닌 혼돈을 강기와 섞어 주먹에 실었다. 그리고 손쉽게 가로막혔다.

혼돈은 역천자에게 타격을 줄 수 없다.

반면에 백현은 타격을 입는다. 완전히 섞이지 않고 남아버린 '백현'의 존재가, 역천자의 혼돈에 침식된다.

기대를 걸고 있다고 했다. 역천자는 백현을 완전히 혼돈에 침식시킬 셈이고, 지금의 백현이 아닌 다른 존재가 되어버리는 것을 노리고 있다.

거기에 저 등 뒤의 구체.

끝없이 혼돈을 쏟아내는, 불길하고도 그리운 저 구체는 혼돈이 아닌 어비스의 근원이라 할 수 있었다. 어비스 전체에 도사린 혼돈이 모조리 저곳에 있었다.

심연의 왕좌와는 다르게 평온을 바라지 않던 어비스가, 역천자와 함께 백현을 지우려 하는 것이다.

"다행이다."

백현은 '아무것도' 두르지 않은 양손을 들어 올렸다.

"덕분에 부족하지 않을 것 같아."

팔패각으로 향하게 만들었던 갈증과 굶주림이 백현을 보챘다.

백색의 공간에 먹선이 난무했다.

지금 백현이 존재하는 세계 자체가 그를 살해하려 들었다.

부동(不動)이 격동(激動)으로 바뀌었다. 그 순간적인 전환은 세상이 백현의 존재를 인식하지 못하게끔 만들었다.

어둠이 백현을 집어삼킨다. 백현의 움직임을 인식하지 못한 세상은 그 자리에 백현의 잔상을 그대로 남겨두었고, 잔상이 어둠에 먹혀 소멸되었다.

백현은 앞으로 달리고 있었다. 순간적으로 일으킨 혼돈의 힘이 천의무봉과 접목되어 돌파구를 열었다.

절대의 영역을 엿보았던 강렬한 의념이 활로가 열리고 닫히는 순간을 붙잡아 가로질렀다.

아득한 고양감과 전능감 속에서 백현은 세상을 관통했다. 그의 몸뚱이는 세상의 바깥에 있었으나 그의 의식은 세상의 중심에 서 있었다.

그 중심에 역천자도 함께 있었다. 그가 등진 술진은 이 세상을 구성하는 중심이었으며, 드넓은 어비스의 힘을 투영한 것이었다. 백현은 최후의 적을 확실히 인지했다.

오늘 그는 많은 싸움을 했다. 많은 싸움을 통해 자신을 증명했다. 고작 하루만이라고 하기에는 너무나 많은 존재와 만났으며, 너무나 많은 성장을 이루었다.

지금 그의 적은 혼돈의 사도인 역천자와 어비스 자체였다.

순식간에 좁혀온 거리에 역천자는 놀라지 않는다. 그는 기다렸다는 듯이 입술을 달싹거리며 주문을 외고, 한 손으로 잡은 붓으로 새로운 문양을 그렸다.

쿠우웅!

거대한 크기의 문이 아래에서 치솟아 역천자의 몸을 가려주었다.

혼돈이 아닌 '신력'. 그것은 내공과 닮았다.

백현은 앞으로 가로막고 있는 문을 부수는 것을 소망했다.

그를 따라 내지른 주먹이 문을 박살 냈다. 기다렸다는 듯이 문의 너머에서 무언가가 덮쳐왔다. 그것은 붓으로 휘갈겨 그린 듯한 거대한 호랑이였다.

휘두르는 앞발을 피해 도약하고, 허리를 꺾으며 다리를 휘둘렀다. 터져 나간 호랑이의 머리가 먹물이 되어 흩어졌다. 그역시 찰나. 백현은 먹물 방울들이 뒤틀리는 것들을 보았다.

그것들은 벌 떼가 되었다. 왱왱거리는 선명한 소리가 귀를 어지럽힌다. 백현은 의식을 또렷이 붙잡으며 창궐한 벌 떼의 한복판에 뛰어들었다.

격동적인 움직임 속에서도 백현의 마음은 격정이 아니었다. 그는 이 싸움조차도 잡아먹고 있었다.

퓨어세인트와의 싸움에서 보았던 길과 무(武)를 지금 새로이 체현하고 있었다.

쉼 없이 움직이는 주먹과 발은 이전의 싸움처럼 화려하고 요란한 폭발을 일으키지 않는다.

무조건 요란한 것이 힘의 극의는 아니다. 강기공은 무(武)를 펼치기 위한 수단일 뿐이다.

맨몸으로 펼치는 동작들은 모두가 익숙했다. 그에게 있어 익숙하지 않은 동작이란 없었다.

모두가 못해도 한 번은 해본 것들. 그것으로 충분하다. 무(武)에 있어서 무한하고 유연한 백현의 사고는 조각난 찰나 속에서도 최선의 정답을 골라낸다.

하기에 닿지 않는다. 거대한 혼돈이 백현을 침식하려 듦에도 백현은 침식되지 않는다. 틈 없는 공격조차도 피했고 뚫지 못하는 것조차도 뚫는다.

빠름과 느림에 구애되지 않는다. 움직임과 멈춤을 완벽하게 지배한다. 따로 구별해 의식하지도 않았다. 무의식의 움직임마저도 길을 나아간다.

그렇게 백현은 앞을 지향했다. 벌 떼를 넘었을 때 등 뒤의 어둠이 기다렸다는 듯이 삼켜온다. 한걸음 걸어 공격을 뒤로했다.

아무 일도 일어나지 않았다. 어둠이 들끓었을 때 백현은 이미 저 너머의 앞을 걷고 있었다.

역천자는 멍하니 그것을 보았다.

아름답다는 생각이 드는 것은 어쩔 수 없었다. 완성을 향해 나아가는 저 움직임을 경외하지 않을 수도 없었다. 백현은 끔찍하고 아름다운 적이었다.

"……허허허!"

그러니 웃을 수밖에 없었다. 어비스를 통째로 마신에게 바치겠다는 백현은 역천자의 사상에 완전히 반하는 존재였으나, 극한의 무를 펼쳐 보이며 엄습해 오는 적은 역천자의 마음을 빼앗아 간 혼돈만큼이나 아름다웠다.

신격마저 집어삼키는 혼돈의 무한함에 매료되었다.

지금의 백현도 역천자를 매료시켰다. 신격의 틀을 초월해 가는 저 모습을 보라.

저 힘은 혼돈과 닮았으며 혼돈은 아니었다. 지금의 백현은 혼돈의 힘을 철저히 배제하고 자신의 신격만을 주장하고 있었다.

'나는.'

붓이 움직인다. 벽이 아래에서 치솟고, 하늘에서 떨어졌다. 두꺼운 벽들이 백현의 전진을 가로막았고 뒤와 옆을 막았다.

순식간에 백현의 몸이 좁은 벽들의 안에 가두어졌다.

'나는……'

백현은 고개를 들어 위를 보았다. 붓으로 휘갈겨 그린 거대한 용의 머리가 그곳에 있었다. 쩍 벌린 아가리에서 혼돈이 뿜어졌다.

"무엇을 보고 있는 건가?"

역천자는 작은 소리로 중얼거렸다.

용의 머리가 터졌다. 백현은 흩어지는 혼돈 속에서 고개를 돌렸다.

"구분이 아니야."

백현은 혼돈을 뒤로했다.

"전부 나야."

역천자와 백현은 다르다.

다를 수밖에 없잖나. 혼돈 자체와 융화한 것이 역천자다. 백현은 심연의 왕좌를 전부 받아들였다.

그 전부가 무신이라 자칭한 신격을 이루었다. 역천자는 자신의 공격이 백현을 다르게 만들 수 없다는 것을 깨달았다.

호를 그리며 추락해 다가오는 백현을 보며, 역천자는 계속해서 웃었다. 다를 것은 없다. 다르게 만들 수 없다고 해도. 통째로 삼키면 그만이다.

'삼킬 수 있다면……'

역천자가 펄쩍 뛰어올랐다.

꽈아앙!

백현이 내리찍은 곳이 박살 났다.

백현은 고개를 홱 돌려 하늘에 떠오른 역천자를 올려다보았다. 역천자가 크게 붓을 휘둘렀다.

사방에 흩어졌던 혼돈이 위로 치솟았다. 그것은 이전처럼 백현을 덮치지 않았다.

대신에 역천자의 등 뒤에 하나로 모였다. 역천자는 벌린 거리를 유지하고 백현을 공격해 봤자 백현을 잡을 수 없다는 것을 확실히 알았다.

그렇다면 방법을 바꾼다. 오지 않게 하는 것이 아니다. 올 수밖에 없게 만든다.

역천자의 등 뒤에서 뭉쳐 있던 혼돈이 활짝 열렸다.

과거 철혈궁의 계단에서 봤을 때처럼, 역천자의 등 뒤에 혼돈이 넓게 펼쳐졌다.

"오시게."

따로 미끼를 준비할 필요는 없었다. 역천자는 백현이 결코 물러서지 않을 것임을 알았고, 무조건 오늘, 이 자리에서 자신을 죽이려 할 것을 알았다. 다른 그 무엇보다 역천자야말로 백현을 유인할 최고의 미끼였다.

눈에 뻔히 보이는 함정이다. 노림수를 떠볼 것도 없었다. 유인해서 통째로 삼키시겠다.

백현은 피식 웃었다.

"당연히 가야지."

백현의 몸이 위로 치솟았다.

전류가 일어나지도 않았다. 마황의 가르침을 뛰어넘은 질풍신뢰는 한 걸음으로 발현된다. 그 가공할 속도에 역천자의 감각은 대응할 수 없었다.

다만 대응은 이미 준비되어 있었다. 그의 등 뒤에 펼쳐진 술진은 역천자의 모든 술법을 녹여낸 것이다.

붓을 그리는 동작으로 술법이 발현되는 것이 아니다. 짧은 접전에서 백현은 이미 그것을 파악했다.

누구나 그리 생각할 것이다. 저 커다란 붓으로 먹선을 긋고, 그 순간에 술법이 펼쳐진다.

그렇게 생각하는 것을 유도하는 것이다. 물론 붓과 먹선이 의미가 없는 것은 아니다. 역천자는 등 뒤의 혼돈을 먹물 삼아서 즉발적으로 새로운 술법을 펼치고 공격을 완성하고 있다.

'알고 있다.'

오래 써먹을 속임수는 아니다. 붓의 움직임과 술법의 '어긋남'이 나타난 한순간. 그때 잡지 못한다면 의미가 없었다.

하지만 잡을 틈도 없었다. 천부적인 재능과 경험이 직접 겪기도 전에 간파하게 했다.

그렇다면 더 이상 숨기지 않는다.

가장 먼저 깨부순 것은 거대한 주먹이었다. 그를 뚫고 나아가자 시커먼 귀신의 머리들이 백현의 주변을 휘감았다. 물어뜯어오는 입들 사이사이를 백현의 양손이 누볐다.

일으킨 파괴의 뒤에는 아무것도 남지 않는다. 시선을 두지 않고 앞을 보며 전진했다.

꽈아앙!

양옆에서 나타난 거대한 손이 맞부딪쳤다. 완전히 맞닿지 않았다. 그 안에서 백현은 양팔을 펼쳐 손바닥을 가로막고 있었다.

역천자의 주변에 셀 수 없이 많은 부적이 나타났다. 존재를 통째로 불태우는 부적들이 백현을 향해 쏟아졌다. 백현은 맞닿은 손들을 쥐어뜯으며 위로 뛰어올랐다. 부적이 그리는 변칙적인 궤적을 모조리 눈에 담았다.

부적들 안으로 파고들었지만 백현은 상처 하나 없었다. 그는 부적의 움직임 사이사이를 관통하며 손을 움직였다.

연쇄적인 폭발이 일어났다. 번쩍거리며 터지는 부적의 폭광은 눈을 흐리기 위함인가. 하지만 백현의 눈은 흐려지지 않는다. 모든 것이 또렷하게 보였다.

모든 공격이 백현의 움직임을 어느 한 곳으로 의도하고 있다. 하지만 백현은 벗어나지 않고 역천자의 의도대로 움직여 주었다. 부적의 틈 사이를 빠져나오자.

시커먼 것이 보였다. 활짝 열린 혼돈이 백현을 집어삼키기 위해 기다리고 있었다. 그 속에서 번쩍하고서 빛이 뿜어졌다.

시커먼 손들이 백현을 붙잡으려 들었다. 저항하려는 순간이었다. 백현이 지나쳐오고, 지금 도달해 앞에 있는 모든 것이 흩어져 사라졌다. 백현은 획 하고 고개를 돌렸다.

역천자는 멀지 않은 곳에 있었고, 그가 들고 있던 붓이 백현을 겨누고 있었다. 빠르게 움직인 붓이 문자를 그렸다. 백현은 히죽 웃었다. 그의 등 뒤에 혼돈은 펼쳐져 있지 않았다.

하늘이 쏟아져 내렸다. 어비스 자체가 추락해 백현을 집어삼켰다. 가면 너머에서 역천자가 환한 미소를 지었다.

그리고 그 미소는 곧바로 사라졌다. 분명히 '입'에 넣었다. 이제 삼키면 그만이다. 하지만 삼킬 수가 없었다.

"윽……."

역천자의 몸이 휘청거렸다. 억지로 밀어 넣어 삼키려 했지만, 너무 크고 쓰고……. 역겨웠다. 역천자의 얼굴이 일그러졌다.

푸확!

백현을 삼켰던 혼돈이 터졌다. 역천자는 흩어지는 혼돈 속에서 백현이 몸을 돌리는 것을 보았다.

"가늠할 수 없다며?"

혼돈은 결코 가늠할 수 있는 것이 아니다.

바로 방금 전에 역천자가 한 말이다. 역천자는 울렁거리는 속을 누르며 다시 붓을 움직였다.

흩어져 가는 혼돈이 억지로 붙들렸다. 그 혼돈이 다시 백현을 삼키고자 했지만, 들어가 주는 것은 한 번으로 족했다. 불쾌한 것은 백현도 똑같았다.

그의 왼손에 혼돈이 새로이 뭉쳤다. 백현은 자신을 삼켜오는 혼돈을 향해 '다시' 한번 혼돈을 던져주었다.

"그럼 나도 가늠할 수 없는 존재인 거야."

끼이이이!

백현을 덮치려던 혼돈이, 날아오는 혼돈을 피해 물러섰다. 저것이 얼마나 지독한지 알았기 때문이다.

백현은 혼돈을 뒤로했다. 그의 발이 백색의 세계에 검은 족적을 만들었다. 이어지는 족적이 백현의 발자취를 따라 시커먼 길이 되었다. 백현은 일직선으로 역천자를 향해 달려들었다.

휘청거리던 몸을 다잡은 역천자가 다시 붓을 움직이고 등 뒤의 술진에서 술법들이 일어난다.

조건이 갖춰졌을 때 마법보다 불합리한 것이 술법이라 했던가?

그게 무슨 상관이냐. 지금의 백현은 그따위 술법들보다 불합리한 존재였다.

그의 무는 혼돈과 융화하지 않고 포용했다. 술법이 발현되는 것보다 백현의 걸음이 빠르고, 발현된 술법의 위력보다 백현의 주먹이 강하다.

"내 의지도."

저 화려한 옷이 상복일 수도 있다고 했나. 그것을 들은 순간 웃음을 참을 수가 없었다.

역천자가 떠드는 말들은 백현에게 있어서 망자의 넋두리처럼 들렸다. 그 말을 굳이 가로막지 않은 것은 놈이 이곳에 있다는 것을 확신하기 위해서와, 지금을 위해서였다.

"너보다 강해."

돌아가야 한다. 돌아갈 이유를 만들었다. 그러니 무조건 돌아간다. 어쩌면, 혹시, 만약에……. 그따위 것들은 모조리 배제했다.

의지를 결의로 제련하고 절대로 승화시켰다. 놈은 언제나 최악을 피해왔다. 최선이 아닐지언정 나은 것을 추구했다.

무르다. 약하다. 백현은 몇 번이고 최악을 겪었다. 최악에서 살아남았다.

"봐."

두꺼운 벽들이 역천자와 백현 사이를 가로막았다. 백현은 저 거대한 술진이 이 상황을 타개하기 위한 술법을 '고르고' 있었다. 역천자가 할 수 있는 많은 것들과는 다르게, 지금 백현이 할 수 있는 건.

아니.

하고 싶고, 하려는 것은 하나뿐이었다.

주먹을 던지는 것이다.

꽈아아앙!

일격에 벽이 박살 난다. 한 걸음 더 나아가며 다른 주먹을 던진다. 또 벽이 부서졌다.

그리고 한 번 더. 무너졌던 벽이 뒤를 덮쳐오지만 백현은 뒤를 돌아보지 않는다.

볼 필요가 없기 때문이다.

던지는 방법이 달랐다. 벽을 부수는 것으로 끝내지 않겠다고도 생각했다. 더 강하게 쥐고, 더 강하게 뻗은 주먹이 벽을 완전히 박살 냈다.

그 너머에 있던 붓촉이 백현의 주먹과 닿았다. 뭉쳤던 털들이 눌렸다가 펑 하고 터졌다. 발을 더 멀리 뻗었다.

몸을 더 앞으로 뻗었다. 주먹도 더 앞으로 나아간다. 붓대가 으깨진다. 역천자가 급히 붓을 놓았다.

하지만 도망칠 수는 '없다'. 그것은 이미 확정되어 있었다. 백현의 손이 역천자의 멱살을 움켜쥐었다.

그는 역천자의 몸을 바짝 당기면서 다리를 정직하게 들어서 접었다. 제 몸에 무릎이 바짝 붙을 정도로 말이다.

그리고 발바닥은 역천자의 배에 닿았다.

백현은 웃으며 역천자의 멱살을 놓아주었다. 그리고 발로 역천자의 몸을 밀어냈다.

사실 그것은 밀어내는 것보다는 걷어찼다고 해야 옳을 것이다. 가면 너머에서 시커먼 피가 촥 펼쳐졌다. 뺑 하고 날아간 역천자의 몸이 거대한 술진과 충돌했다.

등 뒤의 저릿함에 역천자가 고개를 들었을 때. 그는 아까 전부터 느꼈던 의문이 무엇인지에 대해 드디어 답을 내릴 수 있었다.

나는 무엇을 보고 있는 것인지.

저것이 대체 무엇인지.

"아름답다."

그것은 역천자가 추구해 온 이상이었다. 그는 혼돈과 융화하고 이해했으나 혼돈을 포용하지는 못했다. 그릇이 너무 작았음이라.

하지만 저 존재를 보라. 그는 제 몸 안에 혼돈을 삼키고도 붕괴하지 않았다.

꽈지직!

역천자의 양팔과 양다리가 들렸다.

가슴을 찍은 주먹이 몸 전체를 꿰뚫을 듯이 밀고 들어온다.

빠직, 빠지직!

역천자의 등 뒤에 얇은 실금이 퍼져 나갔다.

꽈아앙!

술진이 완전히 박살 났다. 제 몸으로 그것을 뚫어낸 역천자의 몸이 아래로 추락했다. 백현은 천천히 팔을 들며 역천자와 함께 추락했다.

뭉글거리는 혼돈이 역천자의 몸을 받아내기 위해 아래에 펼쳐졌다.

백현은 피식 웃었다.

훅하고 사라진 몸이 역천자의 옆에 나타났다. 백현은 역천자의 몸을 끌어당기며 혼돈을 향해 손을 내밀었다.

꽈르르릉!

내던진 백현의 혼돈이 시커먼 폭발을 일으켰다. 백현은 허공에서 몸을 뒤집으며 역천자의 몸을 다시 바닥에 내리찍었다.

바닥과 충돌한 역천자의 몸이 크게 젖혀졌다. 충돌의 반동에 역천자의 팔다리가 위로 크게 들렸다가 찌르르 울렸다.

백현은 숙였던 몸을 쭉 폈다. 그의 옆에 역천자는 힘없이 늘어져 있었다.

"여력은 남았을 텐데."

백현은 역천자를 보며 중얼거렸다. 역천자는 대답 대신에 쿨럭거리며 기침만 했다.

"……추한 저항이 될 뿐이겠지……."

기침의 끝에서 역천자가 중얼거렸다. 백현은 천천히 고개를 끄덕거렸다. 그러면서 성큼성큼 걸음으로 역천자에게 다가가, 그가 아직까지 쓰고 있는 가면을 발로 걷어찼다.

발에 차인 가면이 박살 나고 역천자의 얼굴이 드러났다. 시커먼 어둠 속을 떠도는 이목구비는 결코 좋은 볼거리가 아니었다.

"날 죽일 건가?"

"응."

백현은 수저하시 않고 대답했다. 역천자가 큭큭거리며 웃었다.

"언제부터였을까?"

역천자가 중얼거렸다.

"자네를 처음 본 순간 죽였어야 했나? 아니……. 그래서는 안 됐어. 그랬다면 지금까지 올 수 없었을 테니까."

역천자는 백현이라는 존재를 마음껏 이용했다. 백현은 의식하지도 못하는 사이에 역천자가 꾸미는 계획의 부속품이 되었다.

그때 철혈궁에서 백현을 죽이지 않았기 때문에 많은 것들을 이룰 수 있었다.

"그래…… 혈사자 때로군. 그때 자네가 완전히 죽었더라면……."

"그 이후에도 기회는 있었을걸."

백현은 고개를 저었다.

"네가 하지 않았을 뿐이다. 넌, 살아나서 돌아온 내게 여전히 이용 가치가 있다고 판단했어."

"실책이었군."

"결국 써먹을 대로 써먹었잖아."

백현이 아마존의 결계를 부수었기 때문에 혼돈이 폭주했고, 성역을 강림시킬 수 있었다. 혼돈의 근원을 완성까지 가져갈 수 있었다.

"……자네는 어비스를 마신에게 바쳐야 하지."

역천자가 중얼거렸다.

"그건, 자네가 어길 수 없는 것이야. 자네가 만약에라도……. 하고 싶지 않다고 해서 할 수 없는 일이 아니지. 그랬다가는 자네가 계약을 위반해 마신에게 삼켜질 테니."

백현은 고개를 돌려 바닥에 누운 역천자를 보았다.

떠도는 눈동자가 반개하고 있었다. 피범벅이 된 입술은 잔잔한 곡선을 그리고 있었다.

"좋군……."

역천자가 중얼거렸다.

"함께 사라질 수 있어서?"

백현은 천천히 고개를 기울이며 물었다.

역천자는 대답하지 않았다. 하지만 그 미소가 질문의 대답을 대신했다.

백현은 피식 웃었다.

"보고 싶은 것이 남지 않아서?"

백현은 역천자를 향해 고개를 숙였다. 역천자의 귓가에 백현의 소곤거림이 울렸다.

그 소곤거림에 역천자의 눈이 부릅 뜨였다. 그는 홱 하고 고개를 돌려 백현을 돌아봤다. 쩍 벌린 입이 뻐끔거렸다. 백현은 히죽 웃는 얼굴로 역천자의 얼굴을 내려 보았다. 만족감이 사라진 역천자의 얼굴이 백현을 즐겁게 만들었다.

"나, 나도."

역천자가 백현을 향해 손을 뻗었다. 하지만 백현은 고개를 저으며 역천자의 손을 옆으로 쳐냈다.

"아냐."

역천자의 얼굴이 일그러졌다. 그는 펄떡 일어서서 백현을 붙잡으려 들었다.

백현은 뒤로 한 걸음 물러서며 손가락을 튕겼다.

"넌 못 봐."

방울져 던져낸 것은 혼돈이 아니었다.

백현의 신력이 역천자의 얼굴 한복판에 커다란 일그러짐을 만들었다. 역천자는 뭐라 외치려 했지만 그 외침을 내뱉을 입이 일그러짐에 삼켜졌다.

역천자는 양손으로 자신의 얼굴을 뒤덮었다. 그가 휘청거리며 물러서는 것을 보며, 백현은 등을 돌렸다.

꽈아아앙!

백현의 신력과 어비스의 혼돈이 뒤엉켜 일어난 파천이 역천자의 몸을 집어삼켰다.

3장
커져라

[아직 바치지 않을 셈이냐.]

마신이 소곤거렸다.

백현은 대답 없이 눈앞을 직시했다.

역천자가 소멸했음에도 혼돈은, 어비스는 남았다. 하나로 뭉쳐놓은 어비스의 혼돈이 꿀렁거리며 백현을 보고 있었다.

[넌 짓궂다. 즉흥적으로 내린 결정도 아니면서 그런 '척'했어.]

"그래야 놈이 절망할 테니까요."

만족스러운 얼굴로 죽음을 기다리는 역천자의 모습이 마음에 들지 않았다. 백현은 놈이 어떻게든 자신의 이상을 이루기 위해서 발악하는 것을 기대했다.

그것을 이루지 못했을 때, 실패했다는 절망감에 죽기 직전

낙담하는 것을 기대했다.

역천자는 그렇게 하지 않았다. 혼돈을 세상에 전파하고 싶어 한 그는, 자신은 백현에게 죽고 어비스는 마신에게 바쳐지는 것에 만족해 버렸다. 그것은 역천자에게 있어서 결코 최악이 아니었다.

그에게 있어서 최악은, 자기만 죽는 것이다. 보고 싶었던 것을 볼 수 없게 되는 것이다.

어떻게 해야 놈을 절망시킬 수 있을까. 죽고 싶지 않다고 발악하게 만들 수 있을까. 최후에 강렬한 미련을 남기게 할 수 있을까.

그래서 말해주었을 뿐이다.

"위반은 아니잖아요?"

백현은 천천히 어비스를 향해 다가갔다.

"난 당신에게 퓨어세인트와 어비스를 바치겠다고 말했어요. 퓨어세인트는 이미 바쳤고, 어비스도 바칠 거예요."

[그래. 위반은 아니다. 내가 받기로 한 것은 '너'가 아니니까.]

마신의 대답에 백현은 히죽 웃었다.

어비스를 마신에게 바친다. 그건 미룰 생각이 없다. 할 수 있음에도 뒤로 미뤄 버린다면, 마신은 백현과 어비스를 함께 받아가 버릴 것이다.

계약에 기한의 제한은 두지 않았으나, 그렇다고 하여 저런 식으로 시간을 끈다면 마신이 기다려 줄 리가 만무했다.

하지만 어비스를 대뜸 마신에게 바쳐서는 안 되었다.

어비스가 필요했다. 신격이 된 백현이 보다 자유로이 세상을 활보하기 위해서도. 지구에 뒤섞인 성역과 신격들을 위해서도. 그를 넘어, 지구를 위해서도.

어비스가 사라져 버린다면 신격들의 인과율은 오롯이 지구가 감당해야 한다. 당연히 버티지 못할 것이다.

지구는 약하다. 퓨어세인트가 강림할 수 있었던 것은 사람들의 강렬한 염원이 있었기 때문이고, 신격들이 강림할 수 있었던 것도 퓨어세인트와 마룡왕의 다툼이 세상에 혼돈을 퍼뜨렸기 때문이다.

그 근원인 어비스가 사라져 버리면, 지구가 속한 차원 자체가 붕괴해 버릴 것이다. 당연히 백현은 그것을 바라지 않았다.

백현은 천천히 어비스를 향해 다가갔다. 어비스는 시커먼 어둠을 쫙 벌리며 거대한 구멍이 되었다.

저 자아 없는 혼돈은 무조건적인 죽음과 파괴와 혼란을 바란다. 지금도 마찬가지였다. 놈은 언제나 그러했듯, 거대한 심연이 되어 바라보고 갈망하고 다가오는 자를 삼키려 들었다.

다른 것이 있다면, 놈이 삼키는 것이 아니라는 것이다.

백현은 피하지 않고 심연을 향해 들어갔다.

어둠 속에서 눈을 떴다.

이곳은 혼돈의 한복판이었다. 백현은 자신의 몸을 내려 보왔다. 섞이지 않았다.

백현은 지금 분명히 존재하고 있었다. 백현은 크게 숨을 삼키면서 혼돈 속을 유영했다.

심안이 혼돈 속에서 길을 찾는다. 가야 할 곳은 한 곳뿐이었다. 백현은 혼돈의 중심을 향해 나아갔다.

[알고 있나?]

마신이 물었다.

[네가 하려는 짓은 굉장히 무모하다. 너는 지금 하나의 세상을 새로이 창조하려는 거야.]

"이번이 처음도 아닌걸."

유영해 나가는 몸이 가속했다. 백현의 존재가 어비스의 중심지를 향해 빠르게 나아갔다.

"아주 처음 만들었다면 나도 다른 방법을 찾아보겠지만……. 이미 예전에 만들어봤고, 만들 수 있는 힘도 가지고 있어요."

어비스는 심연의 왕좌와 함께 태어났다. 혼돈의 근원 속에서 태어난 심연의 왕좌가 존재를 갖추었을 때, 그와 함께 거대한 어비스가 태어났다.

그리고 그 심연의 왕좌와 혼돈의 근원은. 백현의 안에 있었다.

"물론 약하지만."

백현은 움직이는 것을 멈추었다.

그는 지금 어비스의 중심에 있었다. 들끓는 혼돈이 백현을 삼키려 들었으나, 그들은 백현을 삼킬 수 없었다.

백현은 자신을 잡아먹으려는 모든 악의의 흐름과 동떨어져서, 동시에 모든 것을 관조할 수 있는 중심에 있었다. 백현은 크게 뜬 눈으로 아래를 내려다보았다.

"난 강해."

양손을 들어 올렸다. 맞물린 손이 힘겹게 벌어졌다.

화아아악!

백현의 몸 안에서 거대한 무언가가 빠져나갔다.

시커먼 혼돈의 근원이 백현의 양손 사이에 나타났다. 혼돈의 근원을 송두리째 뽑아냈음에도 심연의 왕좌는 눈을 뜨지 않는다.

다행인 일이었다. 심연의 왕좌가 쭉 갈망해 온 편안한 잠을 방해하고 싶지 않았다.

"자아."

백현은 확실히 아래를 내려 보았다. 그는 뽑아낸 혼돈의 근원을 아래로 떨어뜨렸다.

"커져라."

쿠르르릉!

추락한 혼돈의 근원이 어비스의 혼돈을 집어삼키기 시작했다. 그럴수록 혼돈의 근원의 크기가 부푼다.

백현은 빠득 어금니를 씹었다. 부릅뜬 눈이 충혈되고 코에서 피가 줄줄 흘렀다. 몸이 통째로 터질 것만 같았다.

하지만 터지지 않는다. 이 아득한 고통은 정신을 무너뜨릴지언정 백현의 신격을 터뜨릴 수는 없다.

고요히 잠든 심연의 왕좌가 백현의 일부기 때문이다.

[네가 버틸 수 없다에 걸고 싶지만.]

마신이 중얼거렸다.

[넌 버텨내겠지.]

삼키는 것은 혼돈뿐이다. 어비스 자체는 사라지지 않는다. 그거면 되었다. 줄어든 혼돈 따위야 얼마든지 대체할 수 있다. 그렇기 때문에 마신이 막을 이유는 없었다.

또한, 보고 싶기도 했다. 지금 백현이 하고 있는 것은 그 어느 신격도 도전할 수 없는 일이다. 전 세상에서 오직 백현만이 가능한 일이었다.

혼돈의 근원이 기하급수적으로 커지기 시작했다. 백현이 혼돈의 근원에 주입하고 있는 것은 어비스의 몬스터들이었다. 혼돈에서 태어난 놈들. 놈들의 존재는 혼돈이 제각각으로 뭉친 것이다. 집어삼키기 딱 좋은 제물이었다.

"청소해 줘서 고맙다는 밀은……."

[안 한다.]

식은땀을 흘리며 농담을 해봤지만, 돌아온 마신의 대답은 삭막하기만 했다.

더, 더. 혼돈의 근원이 부푼다. 어비스의 넘쳐나는 몬스터들이 본래의 혼돈으로 회귀해 삼켜진다.

그리고 충분히 커졌을 때.

백현은 혼돈의 근원을 끌어당겼다. 뽑아낸 것을 다시 몸 안으로 삼킨다.

그 거대한 힘을 삼키는 것인데, 의외로 아무 저항감도 없었다. 그에 따른 저항은 계속해서 느끼고 있었기 때문이다.

이미 자신의 것인 힘을 저만큼이나 억지로 키우면서 충분히 저항을 느꼈다.

'아.'

하지만 이건.

고통과는 전혀 다르다. 백현은 자신의 존재가 어디론가 날아가 버리는 것을 느꼈다. 의식이 송두리 채로 뽑혀 어딘가로 전송되는 기분이었다.

광활한 세계가 저 아래에 펼쳐져 있었다.

아무것도 없는 세계였다.

백현이 처음 보았을 때는 그랬다. 하지만 백현이 저 세계를 보고 난 순간. 그가 기억하는 풍경들이 실현되었다.

어비스의 풍경들.

직접 본 것들과 보지 못한 것들이 세상을 채워 나간다. 처음 어비스가 태어났을 때와 다를 것 없었다.

백현이 갈망하여, 그의 것이 된 혼돈의 근원은 또 다른 어비스를 만들어냈다.

백현은 고개를 돌렸다. 어비스가 아닌 거대한 세계가 보였다. 휙휙 지나가는 풍경들 너머로 지구가 보였다. 기존의 어비스에 침식된 지구.

[자.]

마신의 목소리가 백현의 고양감을 일깨웠다.

[이제 받아가도 되겠지.]

"잠깐."

백현은 급히 마신을 멈추게 했다.

"바치기로 한 것은 어비스뿐이지. 어비스의 사람들까지는 아니었잖아요?"

[덤으로 줄 생각 아니었나?]

"그건 좀 아니지."

백현은 어이가 없어서 투덜거렸다. 그는 다시 '돌아갔다'. 자신의 어비스에서, 마신에게 바치기로 한 어비스로. 돌아가는 것은 어렵지 않았다. 그의 존재는 아직 그곳에 있었기 때문이다.

"덩달아 나까지 받아가려 드시겠다?"

그대로 마신에게 어비스를 바쳤더라면, 그곳에 있는 헌터들과 백현까지 통째로 마신에게 바쳐졌을 것이다. 백현은 모르는 척 받아가려던 마신의 치사함에 어깨를 부르르 떨었다.

"계약 위반 아니에요?"

[전혀.]

참 뻔뻔스레 느껴지는 대답이었다. 하지만 백현은 마신을 더 추궁하지는 않았다. 어차피 추궁해 봤자 마신이 잘못을 인정할 것 같지도 않았다.

"……많기도 해라."

백현은 어비스에 남아 있는 헌터들을 보며 투덜거렸다. 저걸 어떻게 다 옮겨놓는다? 차라리 죄다 마신에게 줘버릴까도 생각했지만, 그랬다가는 터무니없는 숫자의 사람들이 지구에서 사라져 버릴 것이다.

[뭘 고민하나.]

마신이 혀를 차며 말했다.

[네가 바치지 않겠다고 마음먹은 이상, 나도 받아갈 생각은 없다.]

"……정말로?"

[사람의 목숨이야 하찮고 가치도 별로 없다. 받아가는 것은 어비스뿐이다.]

그 말이 영 의심스러웠다.

"저들은 어떻게 되는 데요?"

[본래 있었던 곳으로 되돌아가겠지.]

"……약속해 줄 수 있어요?"

[나 같은 존재는 약속을 가볍게 하지 않는다.]

마신의 목소리에 짜증이 어렸다.

[게다가 이 정도의 일은 약속할 만한 것도 아니다.]

뚜두둑!

백현의 몸이 휘청거렸다. 백현의 의심이 마신의 징수를 과격하게 만들었다. 백현은 소름 끼치는 아픔을 느끼며 이를 악물었다.

쩌저적!

백현의 가슴이 갈라지면서 희끄무레한 무언가가 튀어나왔다.

무도의 마왕과 똑같았다. 백현의 몸에서 튀어나온 것은 마신의 팔이었다. 활짝 펼친 마신의 손이 백현의 머리로 다가왔다.

쩌억!

휘둘러 친 따귀에 백현의 머리가 홱 돌아갔다.

[재미있었다.]

마신의 손이 뒤집혔다. 흰 손이 저 아래의 어비스를 내려 보았다.

[널 죽이지 않는 것이 먼 훗날 또 하나의 즐거움이 되겠지. 네가 정녕 무신으로 완성된다면, 넌 투신의 대적자가 될 것이다.]

뚜둑, 뚜두둑……!

팔이 더 앞으로 나아간다. 백현은 숨을 삼키며 고통을 감내했다. 그 고통은 혼돈의 근원을 키울 때 동반되던 것과 비교가 되지 않았다.

[그러니 내버려 두마.]

"……내가 투신과 손을 잡을 수도 있……."

[그럴 수도 있겠지.]

마신이 피식거리며 웃었다.

[그러니 빚을 만들어두마.]

마신의 손이 커다랗게 변했다.

[널 내버려 두고, 널 도와주는 것으로 말이다.]

화아악!

마신의 손이 아래로 떨어졌다. 백현은 그 손에 딸려가는 몸을 급히 붙잡았다.

쿠드드득!

백현의 몸에서 길게 뻗어져 나아간 손이, 어비스를 관통했다.

아직까지 백현을 삼키려 들던 어비스의 혼돈이 모조리 멈추었다. 그 모든 것이 마신의 손아귀로 빨려 들어갔다.

꽈득거리며 무언가를 움켜쥔 마신의 손이 위로 들렸다. 그 경이로운 광경에 백현은 넋을 잃었다.

어비스의 모든 것이 흩어져 사라지며 혼돈으로 회귀했다. 그것들이 거대한 흐름이 되어 마신의 손으로 모여들었다.

[그리고 너는 무언가를 착각하고 있다.]

어비스가 소멸하기 시작했다. 어비스를 이루고 있던 모든 혼돈이 마신의 손에 잡혔기 때문이다. 백현은 아직 어비스에 남은 사람들이 어비스에서 추방되는 것을 보았다.

[투신은 내 적이 아니다.]

어비스를 움켜쥔 마신의 손이 투명하게 변해 사라지기 시작했다.

[너와 손을 잡았다고 해서 내 적이 될 수 있는 것은 아니다.]

백현은 급히 고개를 돌렸다. 저 너머가 보였다. 지구에 침식되어 있던 어비스가 통째로 사라지고 있었다.

[격이 다르단 말이다.]

그 오만한 말에 도저히 반박이 떠오르지 않았다.

투신의 힘이라면 어비스를 통째로 파괴할 수는 있을 것이다. 하지만 그가 마신처럼 할 수는 있을까? 솔직히 그럴 수 있을 것 같지가 않았다.

투신과 사신, 그 외에 다른 절대신격이라고 해도 마신과 같은 일은 할 수 없을 것이다.

단지 계약만 했을 뿐이다.

그것만으로 마신은 이만한 일을 일으킨다. 어비스를 바치겠다고 말하고, 어비스에 온 것이 전부인데. 마신은 계약에 따라 어비스의 혼돈을 송두리 채로 뽑아버렸다.

[네 덕분이지.]

마신이 키득거렸다.

[다른 놈이라면 이만큼 쉽게 할 수 없었을 텐데. 너는 이 정

도의 일쯤은 받아내는구나.]

마신의 손이 되돌아왔다. 거대해졌던 손이 다시 원래의 크기로 줄어 있었다. 마신의 손이 백현의 뺨을 천천히 쓸었다.

[너와 다시 계약할 수 있는 날을 기다리마. 또, 네가 마계에 귀의하는 것도.]

"어······."

백현은 여전한 갈망을 꿀꺽 삼켰다.

"나, 나중에······. 어쩌면."

키득거리는 웃음소리가 마지막이었다.

마신의 손이 눈앞에서 사라졌다. 마신의 목소리도 더 이상 들리지 않았다.

백현은 멍하니 서서 자신의 가슴을 손으로 어루만졌다. 그 거대한 팔이 뚫고 나왔었는데, 상처 하나 남아 있지 않았다.

"······앗."

백현은 뒤늦게 정신을 차리고 고개를 돌렸다.

아직 마무리된 것은 아니었다.

자신의 어비스를 지구에 침식시켜야만 했다. 다행히, 그건 크게 어려운 일은 아니었다.

마신이 뽑아버린 빈자리를 메꾸기만 하면 될 일이다.

4장
닮았네요

세상은 혼란스러워졌다.

템페스트, 퓨어세인트, 역천자, 하이로드, 용성군, 위치엔드, 암막의 주인과 계약한 헌터들은 군주에게 받은 권능을 잃었다. 그 수만 해도 전체 헌터의 절반은 족히 달했다.

여전히 어비스는 각국에 존재하고 있었다.

수많은 헌터들이 힘을 잃었다는 것이 알려졌을 때 세상은 덜컥 겁부터 냈다. 아마존에서 벌어진 일들은 그곳에 있던 헌터들을 통해 알려졌지만, 모든 것이 투명하게 알려진 것은 아니었다. 그곳에서의 일을 겪은 당사자인 사도들은 필요 이상의 말을 떠들지 않았다. 그 덕분에 알려진 것은 어비스 군주들의 성역이 지구에 강림했다는 것 정도였다.

그 일에 대해, 세상은 덜컥 겁부터 냈다. 군주라는 초월적 존재들에 대해 국가들은 어찌 대응해야 할까 고민할 수밖에 없었다.

무례하게 대응해서는 안 된다. 군주들과 척을 지는 것은 모두의 바람이 아니었다.

몇몇 과격한 자들이 군주를 침략자로 규정해 전쟁을 해야 한다고 떠들었지만, 당연히 그런 의견들은 묵살되었다.

뉴욕 한복판에서 벌어졌던 마룡왕과 퓨어세인트의 전투는 세상에 존재하던 '전쟁'이라는 개념을 바꿔 버렸다.

그만한 파괴를 손쉽게 자행할 수 있는 '개인'이다. 그들이 뚜렷한 침략 의사를 표명하지 않는 한, 결코 적으로 삼고 싶지는 않았다.

세상이 직면한 문제는 그것이 전부가 아니었다. 곧 있으면 어비스에서 몬스터가 쏟아져 나올 시기였다.

너무 많은 일을 겪었다. 어비스에 대한 공포는 크게 부풀어 있었고, 지구 곳곳에 있는 그 커다란 구멍에서 대체 어떤 몬스터가 튀어나올지 아무도 알 수가 없었다.

전체의 절반에 달하는 헌터들이 권능을 잃고 일반인이 되어버렸으니, 몬스터에 대응할 헌터의 수도 많지 않았다.

물론 사도는 남아 있다. 하지만 사도의 수가 너무 적다.

현재 남아 있는 사도는 재생의 뱀의 사도인 정수아와 악몽의 결정자의 사도인 샤나크, 아이언메이드의 사도인 발렌시아뿐이었다. 그리되니 세상은 강림한 신격들에게 애원했다.

하지만 정작 한 달이 끝났을 때, 몬스터는 나오지 않았다.

"하여간 말은 더럽게 안 믿어요."

두려움의 이유가 사라졌을 때.

세상은 놀라울 정도로 빠르게 안정되었다. 물론 미디어에서는 '왜' 몬스터가 나오지 않았는지에 대해 나름 전문적인 척을 해대며 떠들고 있었고, 정부도 앞으로의 일을 어찌할지에 대해서 종일 보도를 해대고 있었다.

"안 나올 거라고 말을 해도 말이야. 그럴 리가 없다면서 얼마나 들들 볶아대는지. 확 다⋯⋯."

투덜거리던 입술을 멈추었다.

악몽의 결정자는 입술을 우물거리면서 주변을 쓱 둘러보았다. 이쪽을 힐긋거리는 시선은 없었다.

저 많은 사람은 이곳의 대화도 인식하지 못하고 있다.

"⋯⋯죽여 버릴 수도 없고."

"뭐, 이제는 좀 덜하지 않겠어요? 진짜 아무 일도 없었으니까."

"흥, 덜하기는. 오히려 더 들들 볶아대겠지. 원래 인간이 그런 법이야. 하나를 해주면 둘을 더 해달라고 한다고. 우리가 해준 것도 아닌데 말이야."

마주 앉은 백현은 피식 웃었다. 악몽의 결정자는 그런 백현이 영 마음에 들지 않는다는 얼굴이었다.

그럴 수밖에 없었다.

현재 지구에 침식된 어비스는, 예전의 어비스와는 다르다. 지금의 어비스의 주인은 백현이다. 어비스에서 일어나는 모든 일이 백현의 소관이다.

몬스터가 나오지 않는 이유?

간단했다. 백현이 어비스 바깥으로 몬스터를 내보내지 않았을 뿐이다.

"그래도 꽤 즐기고 계신 것 아니에요?"

백현은 히죽 웃으면서 물었다. 그 질문에 악몽의 결정자는 코웃음을 쳤다.

"즐겨? 전혀. 귀찮을 뿐이야. 신경 써야 할 것도 많고."

"그런 것치고는……."

백현은 말꼬리를 흐렸다.

눈앞에 앉은 악몽의 결정자는 꽤 잘 꾸민 모습이었다. 그녀의 성역인 판데믹에서 보았던 것과는 전혀 다른 현대식의 사복 차림에, 시선이 귀찮다면 마법을 쓰면 간단한 일인데, 굳이 선글라스까지 끼고 있었다.

"……으흠."

옷차림을 살피는 시선을 느낀 악몽의 결정자가 낮게 헛기침을 했다. 그녀는 쓰고 있던 선글라스를 괜히 벗어 테이블 위에 올려놓았다.

"……뭐, 흔치 않은 경험이니까. 기분 정도는 낼 수 있잖아."

"맛있어요?"

악몽의 결정자가 포크로 케이크를 떠먹는 것을 보며 백현은 히죽 웃었다. 악몽의 결정자가 입술을 우물거리면서 고개를 끄덕거렸다.

"누구나 단 걸 좋아해. 나도…… 아니, 나를 이루는 자아 중 일부가 단 걸 좋아하지. 진짜 나는 이깟 디저트 기호 따위는 진즉에 졸업했지만 말이야."

"이제 와서 그런 말을 해봐야."

"자꾸 놀리기만 할 거야?"

악몽의 결정자가 눈을 치켜떴다. 그녀는 입술에 묻은 생크림을 티슈로 훔쳐 닦으면서 백현을 째려보았다.

"난 지금 너한테 따지려고 온 거야!"

"뭘요?"

"몰라서 물어봐? 네가 자길 드러내지 않은 탓에 우리가 피곤해지잖아!"

"어쩔 수 없잖아요."

백현은 투덜거리면서 커피를 홀짝거렸다.

"전부 솔직하게 말해봐야 누가 믿겠어요?"

"왜 못 믿어? 넌 얼마든지 증거를 보여줄 수 있어. 아니, 증거를 보여주지 못해도 상관없지. 네 힘이라면 모조리 납득시킬 수 있을 테니까."

"그래서 얻을 게 없어요."

백현은 고개를 저었다.

"난 템페스트를 신격이 아니게 만들었고, 역천자와 퓨어세인트, 헌드레드를 죽였어요. 그리고 지금 세상의 어비스의 주인이죠. 신격들을 죽인 것은 떼어놓고, 내가 어비스의 주인이라고만 말해도……. 다들 날 괴물로 생각할 걸요."

"이제 와서 괴물 취급받는 게 싫은 건 아니잖아. 까놓고 말해 귀찮은 거면서 어디서 무게를 잡고 있어?"

푹!

악몽의 결정자가 케이크 위의 딸기에 포크를 꽂으며 투덜거렸다.

그 말에 백현은 힘을 주었던 표정을 풀면서 히죽 웃었다.

"뭐 그렇죠. 내가 어비스의 주인이라고 말하고 세상이 그걸 인정해 준다고 쳐요. 그럼 얼마나 귀찮겠어요? 그러니까 모르게 하는 편이 나아."

"네 덕에 우리가 귀찮아지고 있잖아!"

"에이, 그 정도 감수해 주셔야지. 까놓고 말해서 지금 제 덕분에 이렇게 돌아다닐 수 있고, 단것도 먹을 수 있잖아요."

히죽 웃는 얼굴이 얄밉기 짝이 없었다.

하지만 악몽의 결정자는 끙 앓는 소리만 낼 뿐 백현의 말에 반박하지 않았다.

백현의 말대로였다. 악몽의 결정자를 비롯해 다른 신격들이 세상에 남아 있을 수 있는 이유는, 백현의 어비스가 지구에 침식되어 있기 때문이다.

"그리고 당장은 귀찮아도, 곧 예전처럼 돌아갈 거예요."

몬스터와 시설들은 기존의 어비스를 그대로 투영해 갖다 놓았다. 다른 것이 있다면, 더 이상 어비스에 신격들의 성역이 없다는 것과 어비스에서 몬스터가 튀어나오는 것이 백현의 통제에 따르고 있다는 것뿐이다.

"아, 그리고. 혹시나 해서 물어보는데. 진짜 지구에 남을 셈이에요?"

"어비스는 네 성역이잖아."

테이블 위에 가득 늘어진 케이크 중, 아직 손을 대지 않은 초코케이크에 포크가 푹 꽂혔다.

"네 성역에 기생하고 싶지는 않아. 너무 위험하기도 하고."

"위험하지는 않을 텐데. 혼돈이 폭주할 일도 없을 거고."

현존하는 신격의 수는 다섯뿐이다. 열셋이나 존재했던 신격은 이제는 그 수가 절반도 남지 않았다. 최초에 스물이었던 것을 생각하면 1/4로 줄어버렸다.

게다가 과거의 어비스와는 다르게, 지금의 어비스는 백현이 존재하면서 확실히 조율되고 있다. 예전처럼 혼돈이 폭주하는 불상사는 일어나지 않을 것이다.

"물론 네가 우리를 죽이지는 않을 테지만. 네 성역에 기생하는 것보다는 지구에 남는 편이 낫지."

악몽의 결정자의 눈이 가늘어졌다.

"머지않아 성역도 옮길 거야. 그 정글…… 이제 와서는 정글이라 할 수도 없겠지만 말이야."

"생각해 둔 곳은 있어요?"

"아마 러시아가 되지 않을까. 샤나크의 고향이기도 하고."

"무령은 중국으로 가려는 것 같던데."

"라이 룽의 고향이잖아. 그리고 무령도 중국을 꽤 좋아하는 것 같고. 놈의 고향이랑도 비슷하니까."

"소림사를 직접 가보고 엄청 실망한 것 같던데."

"마법도 존재하지 않던 세계에 너무 큰 기대를 한 거지."

악몽의 결정자가 헛웃음을 터뜨렸다.

"조심해야 할 건 너야."

휙 하고 들린 포크가 백현을 가리켰다.

"어비스가 네 지배를 받고 있기는 하지만, 혼돈은 시간이 지날수록 점점 커질 거야. 그곳에 드나드는 인간이 많을수록. 어비스에 대한 인식과 인과가 부풀 수록 혼돈은 커지겠지."

"뭐, 예전처럼 세상에 조금 쏟아내면 되겠죠. 그래서 어비스의 문을 열어둔 거니까."

"줄타기를 잘해야 할걸. 넌 귀찮은 것이 싫다고 자신을 숨기지만, 필연적으로 귀찮아질 수밖에 없어."

"그 정도는 감수해야죠. 그리고 나도 생각 없이 놀고만 있지는 않을 테고."

신격을 완전히 초월한다면, 혼돈의 폭주와 인과율은 얼마든지 감당할 수 있을 것이다.

백현의 중얼거림이 무슨 뜻인지 안 악몽의 결정자가 헛웃음을 흘렸다.

당연한 말이지만, 백현은 신격으로 남는 것에 만족하고 있지 않았다. 그는 투신이나 마신과 같은 절대의 영역을 엿보았고, 그곳에 발을 들였다.

"짓궂어."

악몽의 결정자는 작은 소리로 중얼거렸다. 살아남은 신격들은 지구와 어비스와 공존하고 있다.

그리고 백현과는 공생하게 되었다. 어비스가 존재하고, 몬스터가 쏟아져나오는 이상 이 지구에서 태어나는 사람들은 힘을 바라고 어비스에 들어갈 것이다.

더 이상 그곳에 신격들이 탐했던 혼돈의 근원은 없지만, 신격의 바람과 떠나서 인간들은 부와 힘을 바라고 어비스에 스스로를 던진다.

그리고 신격들은 인간들에게 권능을 줘야 한다. 예전과는 다르다. 저 거대한 어비스는 혼돈의 근원이 숨은 곳이 아닌, 백현의 보물 상자가 되었다.

백현은 수많은 인간 중 자신과 같은 존재가 나타날 것을 바라고 있다. 그들이 군주의 권능에 만족하지 않고, 스스로 바라여 그 이상의 힘을 얻는 것을 바란다.

군주들. 신격들에게 있어서 나쁜 일은 아니다. 그들은 본래의 세상과는 다르게 운신의 자유를 얻었고, 권속을 새로이 늘리고 키울 수 있는 환경을 얻었다.

하지만 시간이 얼마나 걸릴까? 인간과 계약하고, 권능을 주어 헌터로 만든다. 백현의 바람에 따라 어비스의 몬스터들은 '진짜로' 헌터들을 사냥할 것이다.

예전의 어비스가 무조건적인 살의만으로 헌터를 사냥한 것과는 다르게, 이제부터의 어비스는 확실한 '단련'을 위해 헌터를 사냥할 것이다.

그렇게 얼마나 오랫동안 생존해야 백현이 바라는 수준까지 성장할 수 있을까.

'……만족하지 못한다면.'

그럴 때 할 수 있는 방법쯤은, 백현 본인이 아닌 악몽의 결정자도 얼마든지 떠올릴 수 있었다.

당장 어비스의 문을 연다면 타 차원의 신격들이 강림해 올 것이다. 혼돈의 근원을 떠나, 어비스라는 세계는 자유롭지 않은 신격들이 탐내고 향해오기 충분한 세계였다.

"……마신과 뭔가 계약이 더 남아 있는 것은 아니겠지?"

악몽의 결정자가 슬쩍 떠보듯이 물었다. 그 질문에 백현은 고개를 가로저었다.

"없어요."

"……마신은 널 꽤 마음에 들어 한 모양이지만. 너무 연관되지 않는 편이 좋아. 당사자인 너도 봤을 거 아냐?"

그때의 광경은, 아직도 떠올리는 것만으로 몸이 오싹해진다. 어비스를 송두리 채로 뽑아서, 그대로 마계로 가져가 버렸다.

"더 연관될 일은 없을 거예요. 엄청 나중이 된다면 모를까."

"그 나중이 한참 뒤에 오길 바라야겠어."

악몽의 결정자는 그렇게 중얼거리면서 포크를 내려놓았다. 그 많던 디저트들이 싹 비워져 있었다.

그녀는 우아한 동작으로 입가를 닦은 뒤에 의자를 뒤로 빼고서 일어섰다.

"뭐, 따질 것도 다 따졌고. 샤나크도 쭉 혼자 두기 미안하니 난 가볼게."

그 말에 백현도 시간을 확인했다. 백현도 슬슬 마중을 갈 때이기는 했다.

"너도 가게?"

"약속했던 시간이 다 되어서요."

"어디 가는데?"

악몽의 결정자는 그렇게 물으면서 주변을 쓱 둘러보았다.

여태까지 이쪽을 의식하지 않았던 사람들이 흠칫 놀라더니 고개를 돌려 이쪽을 보았다.

백현과 악몽의 결정자를 알아본 사람들이 경악해서 수군거려대기 시작했다.

"……백화점요."

백현은 어이가 없어서 악몽의 결정자를 쳐다보았다. 악몽의 결정자는 보란 듯이 선글라스를 코에 걸치고 있었다.

'귀찮을 뿐이라더니.'

군이 조용히 나가지 않고 사람들의 시선을 돌린 것을 보니, 저런 반응을 즐기는 것이 분명했다.

"닮았네요."

"뭐?"

"샤나크랑 닮았다고요."

"죽을래?"

악몽의 결정자가 작은 주먹을 휘둘렀다.

5장
열기

"······맞지?"

"에이, 설마. 아니겠지······. 그냥 닮은 것 아냐?"

"그렇겠지? 진짜라면 이런 곳에 있을 리가 없잖아."

수군거리는 소리가 신경 쓰인다. 정수아는 낮게 헛기침을 하면서 직원들 쪽을 힐긋 쳐다보았다.

이해는 한다. 그들도 결국 사람이니, 이런 상황을 맞닥뜨린다면 당황해 떠들 수밖에 없다.

문제는 정수아의 귀가 너무 좋다는 것이다. 소리가 들리지 않을 정도의 거리에 잔뜩 죽인 목소리라지만, 그대로 들려 버린다.

노골적인 책망의 시선에 직원들이 화들짝 놀라 흩어졌다.

"이게 뭐 하는 건지······."

정수아는 작은 소리로 중얼거렸다.

미리 방문을 알리고 통제를 부탁했다. 원래는 이렇게까지 하지는 않는다. 주변 시선이 거북하기는 하지만, 어지간해서는 쇼핑을 할 때는 '평범하게' 한다.

하지만 오늘은 평범하게 할 수가 없었다. 함께 온 일행이 평범하지 않았기 때문이다.

"⋯⋯언니."

정수아는 얌전히 옆에 앉은 사라의 허벅지를 톡톡 두드렸다. 그 말에 사라가 숙이고 있던 고개를 천천히 들어 올렸다.

삐걱거리며 이쪽을 돌아보는 사라의 얼굴을 보며 정수아는 가슴 깊은 곳에서 연민을 느꼈다.

사라의 얼굴은 몇 날 며칠 잠을 못 잔 사람처럼 수척했다. 그 퀭한 시선에 정수아는 안쓰러움을 이기지 못해 사라의 손을 붙잡았다.

"그냥 도망칠래요?"

"안 돼⋯⋯."

사라가 시무룩한 목소리로 중얼거렸다. 그 말에 정수아는 치미는 한숨을 참지 못했다.

"⋯⋯저도 알아요. 그냥 말만 해봤어요."

정수아의 어깨가 사라처럼 축 늘어졌다.

도망쳐 버리고 싶다는 생각을 한 것이 대체 몇 번째인지 모르겠다. 생각만 할 뿐이다. 실제로 도망칠 수는 없었다.

적어도 오늘은.

굳게 닫혀 있던 피팅 룸의 문이 벌컥 열렸다. 그 소리에 사라와 정수아의 어깨가 다시 한번 흠칫 떨렸다.

사라는 홱 고개를 들어 앞을 보았다. 퀭했던 눈에 일말의 희망이 깃들었다.

"흠."

피팅 룸에서 걸어 나온 것은 마룡왕이었다.

그녀는 언제나 드러내던 뿔과 꼬리를 감추고 있었다. 하지만 그 강렬한 붉은 눈은 그대로였다.

마룡왕은 입고 있는 화려한 원피스를 손으로 펄럭거리며 사라와 정수아에게 물었다.

"어떻소?"

"예뻐요."

사라는 즉시 손바닥을 부딪쳐 박수를 치며 대답했다. 그 일련의 동작은 미리 입력된 기계와 다를 것 없었다.

보란 듯이 짓는 함박웃음에 정수아의 주먹이 불끈 쥐어졌다. 그녀는 발끈했다.

"……예뻐요."

발끈, 하기만 했다. 항의하지는 않았다. 그것이 허락된 상대가 아니라는 것을 알고 있기 때문이다.

게다가, 예쁘다는 것은 도저히 거짓말을 할 수 없는 사실이기도 했다.

도저히 입고서 돌아다닐 수 없을 것 같은 저 화려한 원피스가 마룡왕에게는 굉장히 어울렸다.

그렇게 생각하는 것은 정수아뿐만이 아니었다. 이쪽을 흘깃거리는 직원들도 치맛자락을 들어 올리는 마룡왕에게 넋을 잃었다.

"그렇소?"

하지만 마룡왕은 마뜩잖다는 얼굴이었다. 그녀는 거울 앞에 서서 자신의 모습을 바라보다가, 제 자리에서 한 바퀴 돌아보았다. 그걸 보던 정수아는 자신도 모르게 짝짝하고 박수를 쳤다.

"본녀는 그리 마음에 들지 않소."

"네? 왜요?"

"꼬리를 뺄 수가 없잖소."

당황해 물었던 정수아는 돌아오는 대답에 그만 입을 벌리고 말았다.

확실히. 허리의 꼬리가 나와 버린다면 치마가 파렴치할 정도로 높이 들려 버릴 것이다.

'그럼 아무것도 입을 수 없는 거잖아…….'

당연히 그런 생각이 들었지만, 정수아는 굳이 그 말을 입 밖으로 꺼내지 않았다.

다시 피팅 룸에 들어가 옷을 갈아입고 나온 마룡왕은, 언제나처럼 알몸에 망토를 걸치지도, 비늘로 몸을 감싸지도 않았다.

마룡왕은 착 달라붙는 바지와 셔츠 차림이었다.

'그냥 치마가 싫은 것 아냐?'

그 생각도 입 밖으로 나오지는 않았다.

"그대가 입으시오."

마룡왕은 들고 있던 원피스를 사라에게 건네주었다. 사라는 그럴 줄 알았다는 듯이 비틀거리며 몸을 일으켰다.

아까부터 그랬다. 마룡왕은 자신이 한 번 입어본 뒤에, 아무리 어울린다고 말해도 결국은 벗어버린다.

그리고 그 옷을 사라에게 입혔다.

"즐겁지 않소?"

정수아의 곁에 마룡왕이 앉았다. 직원들이 마실 것을 가져다주었다. 마룡왕은 셔츠의 단추를 풀며 음료로 목을 축였다.

"네……. 즐겁네요."

"흠, 동감하지도 않는 주제에 애써 동감하는 척할 필요는 없소."

마룡왕이 피식 웃었다.

'그럴 거면 왜 물어본 거야…….'

정수아는 답답함에 가슴을 움켜쥐었다. 어딘가 아무도 없는 곳이 필요했다. 그런 곳에서 혼자 고래고래 소리를 지르고 싶은 기분이었다.

"……쇼핑 싫어하는 사람이 얼마나 되겠어요?"

"그런 것치고는 꽤나 속 쓰려 하고 있지 않소? 흠, 설마 돈이 아까운 것이오?"

당연한 말이지만, 마룡왕은 무일푼이다. 그녀가 쓰든 모든 돈은 사라와 정수아의 지갑에서 나온다.

"이 정도로 아까워할 정도로 궁색하진 않거든요?"

단지 거북할 뿐이다. 정수아는 호른에서 마룡왕에게 된통 당한 것을 잊지 않았다.

그뿐인가? 마룡왕은 위험한 존재다. 이런 존재와 아무렇지 않게 사람이 득실거리는 백화점을 활보한다는 것에 대한 스트레스가 위를 쑤시게 만들었다.

"본녀를 경계하고 있는 것이오?"

마룡왕이 키득거렸다.

그녀는 이쪽을 힐긋거리는 직원들의 시선을 의식했다. 가볍게 고개를 돌렸을 뿐이지만, 정수아는 흠칫 놀라 자신도 모르게 경계를 드러냈다.

그럴 줄 알았다는 듯이 마룡왕이 웃음을 흘렸다.

"뭘. 너무 걱정하지 마시오. 본녀는 이곳에서 날뛸 생각은 없소. 그대도 알지 않소? 본녀는 제법 이성적이라오."

마룡왕은 뉴욕에서 드레이브와 그리고 퓨어세인트와 싸웠다. 그곳에서 수많은 사람이 죽었다.

하지만 정수아는 그들의 죽음이 퓨어세인트에 의한 것이지, 마룡왕은 단 한 번도 사람들에게 살수를 펼치지 않았다는 것을 잘 알고 있었다.

물론 세상은 그렇게 생각하지 않는다. 세상은 사라진 퓨어세인트를, 어비스라는 '악'과 싸우다가 끝내 패배한 것이라 생각하고 있었다.

퓨어세인트가 모두의 구원자가 아니었다는 진상은 드러나지 않는다. 그편이 좋았기 때문이다.

덕분에 어비스에 대한 두려움은 최대로 치솟았다. 여전히 지구에 어비스는 남아 있다. 사람들은 어비스의 위협을 극복하기 위해 '다른' 신에 의존한다.

지구에 강림한 무령과 악몽의 결정자와 재생의 뱀과 아이언 메이드와 흑장미여왕. 그리고 백현에게.

"본녀가 즐거운 이유는 이 쇼핑이라는 것 때문이 아니오."

마룡왕은 빙그레 웃었다.

지금 어비스의 주인은 백현이다. 하지만 어비스에 대한 공포를 신앙으로 받아먹는 것은 백현뿐만이 아니었다.

마룡왕도 마찬가지였다. 오히려 마룡왕이야말로 세상 사람들이 인식하는 공포의 형상이었다.

마룡왕은 자신이 '탈각'되고 있음을 확실히 느끼고 있었다. 이미 진즉에 이뤘던 탈각. 혼돈에 침식되어 잃었던 신격이, 다시 부여되고 있었다.

하지만 이대로 탈각해 버린다면.

마룡왕은 고개를 들어 앞을 보았다. 피팅 룸 안에서 훌쩍거리는 소리가 들렸다. 그 소리는 정수아에게도 선명하게 들렸다. 정수아는 안타까움에 한숨을 푹 내쉬었다.

"······사라 언니를 괴롭혀서 즐거운 거예요?"

"흠, 그렇게 보일 수도 있겠군."

누가 봐도 그렇게 볼 텐데.

"본녀는 말이오. 이 세상······ 아니, 이 나라에 와서. 짧은 시간이지만 꽤 많은 것을 보았소. 그 왜, 그리 맑지도 않은 강의 주변을 그럴듯하게 꾸며놓은······."

"한강 공원?"

"그래. 그곳에도 가보았소. 그곳은 아주 기묘한 장소였소. 높다란 건물들의 근처에 인공적으로 꾸며놓은 자연. 자동차······ 였었지? 매케한 연기를 줄기차게 뿜어대는 철마가 달리는 근처에 굳이, 왜. 거무튀튀한 강물 근처에 굳이."

마룡왕은 진심으로 이해할 수 없다는 얼굴이었다.

"그런 장소를 만들어놓은 것인지는 모르겠소만. 뭐 인간의 허영심 때문이라 짐작은 하오. 마찬가지로 그곳을 산책하는 자 중에도 허영심에 가득 찬 자들이더군."

마룡왕의 투덜거림을 들으며, 정수아는 한강 공원을 이용하는 사람들에게 조그마한 죄책감을 느꼈다.

순수하게 산책을 나오고 운동하는 이들이 가차 없이 매도되고 있었다.

"그중에서 특히 본녀가 신비롭게 본 것은, 개를 끌고 다니는 자들이었소."

"……개……."

"자유로이 뛰놀아야 할 짐승들에게 굳이 목줄을 매어놓았더군. 깨물어봤자 피도 나오지 않을 조그마한 개. 다 컸음에도 이만한 크기의 털이 고슴도치의 가시처럼 사방으로 북슬북슬하게 튀어나온 작달막한 개가 특히 많았고."

"……포메라니안을 말하는 건가요?"

"포메라니안? 뭐요. 그 이름은? 꼭 몬스터의 이름 같군. 개는 개일 뿐이오."

마룡왕은 심드렁한 어조로 대답했다.

"어쨌든 말이오. 그 포메…… 아니, 개. 털이 북슬북슬했소. 그만한 털이 있다면 이깟 날씨에 추위를 느낄 리가 없지. 그 개뿐만이 아니오. 다른 개들도 마찬가지였소. 그런데도 인간들은 끌고 다니는 개들에게 다양한 옷을 입히더군."

"……뭐……. 옷을 입히면 귀여우니까요."

"바로 그것이오."

피팅 룸의 문이 힘없이 열렸다.

마룡왕은 눈을 빛내며 고개를 들었다. 질질 끄는 걸음으로 나온 사라는 오늘 당장 세상이 끝날 것임을 전해 들은 사람처럼 우울한 얼굴이었다. 하지만 그녀의 신비로운 외모와 화려한 원피스는, 마룡왕만큼이나 잘 어울렸다.

"애완 짐승에게 옷을 입히는 것은 주인의 자기만족과 허영심의 발로라 생각하오. 본녀는 여태까지 그것을 공감하지 않았소. 어리석음이라고도 생각했지. 하지만 직접 해보니 아주 즐겁군."

"……어…….."

"다음을 가져오시오."

마룡왕은 직원을 향해 손가락을 까딱거렸다. 미리 봐두었던 새로운 옷이 마룡왕에게 건네졌다가, 사라에게 돌아갔다.

"입고 나오시오."

사라는 입술을 삐죽거리며 새 옷을 받고 피팅 룸으로 들어갔다.

정수아는 말없이 그 모습을 바라보았다. 그러니까 결국.

"사라 언니는 강아지가 아니에요."

"본녀가 언제 저 계집아이보고 강아지라고 했소?"

"지금 그렇게 취급하고 있잖아요!"

"흠, 그건 부정할 수 없겠군. 그래서 본녀에게 잘못을 묻겠다는 것이오?"

마룡왕이 이를 드러내며 물었다. 그 질문에 정수아는 찔끔

하여 어깨를 움츠렸다.

"그대가 도전하고자 한다면 본녀는 기쁘게 받아줄 것이오. 하지만 그대가 섬기는 주인에게 당장 그럴 여력은 없을 텐데?"

"……윽."

정곡을 찔렀다. 정수아는 찔끔하여 어깨를 움츠렸다. 마룡왕은 정수아의 그런 모습을 보며 킬킬거리며 웃었다.

"재생의 뱀은 너무 무리했소."

그 날. 수많은 신격이 죽고, 어비스의 주인이 바뀐 날.

돌아온 백현에게 독단을 돌려받은 재생의 뱀은, 즉시 백현에게 도전했다.

정수아는 진심으로 만류했지만 재생의 뱀은 정수아의 만류를 듣지 않았다. 그때의 재생의 뱀은 만전의 상태가 아니었다. 하지만 만전의 상태, 그녀의 신화 상 가장 강력했던 전성기 시절일지라도 결과는 바뀌지 않았을 것이다.

재생의 뱀은 그것을 스스로도 잘 알고 있었다. 그렇기에 굳이 그 날, 그 장소에서 백현에게 도전했다.

만전이 아니었다는 수치를 피하기 위해서가 아니었다. 단지 더 이상 참을 수 없었을 따름이리라.

결국 재생의 뱀은 패배했고, 백현의 신명을 즐거운 목소리로 인정했다.

그리고 지금, 재생의 뱀은 세상을 떠도는 다른 신격들과 달리 사굴에 틀어박혀 상처를 돌보고 있었다.

"······사라 언니에게 너무 못되게 굴지 말아요."

"본녀가 조금 가학적이라는 것은 인정하지. 하지만 이것은 본녀가 애정을 표현하는 한 방법일 뿐이오."

"사라 언니가 싫어하잖아요."

"언젠가는 스스로도 즐기게 될 거요."

마룡왕은 심드렁한 목소리로 대답했다.

"일단은 오늘까지겠지만."

"······네?"

"이 유희는 일단 오늘까지란 말이오."

그 날 이후로 보름이란 시간이 흘렀다.

그 시간 동안, 마룡왕은 한국에 있었다. 뚜렷한 거처를 두지는 않고 떠돌았다.

얘기를 들어보면 아무렇지 않게 노숙을 해댄 모양이었다. 그러다가 사라를 데리고 다니며 괴롭히고, 오늘은 정수아까지 불러냈다.

"······어디로 가시려고요?"

"글쎄."

마룡왕은 고개를 돌렸다.

어느새 백현이 매장 안에 들어와 서 있었다.

시선이 마주치자, 백현은 히죽 웃으며 손을 들어 보였다. 백현을 보는 마룡왕의 눈이 둥글게 휘어졌다.

"과연 어디로 가게 될까."

마룡왕의 중얼거림에 열기가 깃들었다.

"사라는?"

백현은 슬그머니 다가와 빈자리에 앉았다.

마룡왕의 바로 옆에 앉아 있던 정수아가 은근히 백현 쪽으로 엉덩이를 밀었다.

"안에서 옷 갈아입고 있어요."

"아직도 살 게 남았어?"

난잡하게 늘어진 쇼핑백들에 힐긋 시선이 갔다. 죄다 명품이었다.

"소소한 유희를 즐기고 있었을 뿐이오."

마룡왕이 키득거렸다.

백현은 그 말을 이해하지 못해 고개를 갸웃거렸다.

"악몽의 결정자는?"

"돌아갔어. 왜, 내가 너무 일찍 왔나?"

"아니. 딱 좋을 때 왔소."

마룡왕은 그렇게 말하며 몸을 일으켰다.

그녀는 닫혀 열리지 않는 피팅 룸의 문을 물끄러미 바라보았다. 그 안에서 안절부절못하는 낌새가 느껴졌다.

마룡왕은 성큼거리며 문에 다가가더니, 노크도 없이 문을 열어버렸다.

"꺅!"

당연한 비명 소리가 돌아왔다. 마룡왕은 히죽 웃으면서 사라의 팔을 잡아끌었다.

옷은 이미 진즉에 갈아입었다. 그런데도 나오지 않았던 것은, 지금의 꼴사나운 모습을 백현에게 보여주고 싶지 않았기 때문이었다.

사라는 끌려 나오지 않기 위해 나름 필사적으로 저항했지만, 마룡왕의 무식한 힘을 버텨내는 것은 불가능했다.

억지로 버티던 다리가 힘이 탁 풀리고, 서로 꼬여 넘어질 뻔한 것을 마룡왕의 손이 받쳐주었다.

정신을 차리고 보니, 사라는 마룡왕에게 반쯤 안긴 모습으로 피팅 룸 밖으로 나와 있었다.

"어떻소?"

그 짓궂은 질문에 사라의 얼굴이 당장에라도 터질 것처럼 붉게 물들었다. 어느새 정수아는 제법 진지한 얼굴을 하고서 고개를 끄덕거리고 있었다.

백현은 대체 마룡왕이 무엇에 대해 묻는 것인지 알 수가 없었다.

하지만 사람은, 아니, 모든 동물은 학습을 한다.

백현은 즉시 이곳의 상황을 파악과 부끄러움에 당장에라도 터질 것 같은 사라의 얼굴을 확인했다.

"예쁘네."

고속의 사고 끝에 내놓은 대답은 그 세 글자가 전부였다. 쓸데없는 과장과 미사여구는 일절 섞지 않았지만, 대충 내놓은 대답은 아니었다. 진짜 예뻐서 예쁘다고 했을 뿐이다.

그 짧은 말에 사라의 얼굴은 더 빨개졌다. 하지만 마룡왕은 탐탁잖은 표정이었다.

그녀가 보고 싶은 것은 서로가 부끄러워 허둥거리는 것이었기 때문이다.

"재미없군."

마룡왕은 그렇게 투덜거리며 사라의 손을 놓았다. 그녀는 삐딱하니 고개를 기울여 백현을 응시했다.

"하지만 충분히 즐기기도 하였으니. 이제 슬슬 가도 되겠소?"

"응."

오가는 대화에 정수아가 머리를 갸웃거렸다.

어딜 간다는 건지? 정수아는 힐긋 고개를 돌려 사라의 눈치를 보았다. 사라는 벌게진 양 뺨을 손으로 두드리고 있었다.

"오래 걸려?"

"잘 모르겠어."

"하기 나름이오."

둘이 동시에 대답했다. 사라는 뚱하니 입술을 내밀며 고개를 끄덕거렸다.

정수아는 함께 나가 버리는 백현과 마룡왕을 물끄러미 보다가, 휙 고개를 돌려 사라의 얼굴을 빤히 보았다.

사라는 아직 옷을 갈아입지도 않고, 자기 핸드폰을 꺼내 셀카를 찍고 있었다.

그 모습에 정수아는 왠지 모를 뿌듯함을 느꼈다. 기본 카메라가 아니라 필터와 보정이 빠방한 카메라 어플을 쓰는 사라는, 처음 강남역에 와서 백현의 이름을 고래고래 부르던 때와는 달리 완벽하게 현대화가 되어 있었다.

"……언니는 안 가도 괜찮아요?"

"쟤들 문제잖아."

"그래서 더 가야 하는 거 아니에요?"

"안 가도 돼."

그 말도 정수아의 가슴을 뿌듯하게 만들었다. 지금 정수아는 홀로 키운 딸의 자립을 보는 것 같은 기분을 느끼고 있었다.

"다 컸군요."

"뭐라는 거야."

"언니, 이 필터 말고 옆으로 좀 넘겨봐요. 가뜩이나 하얀 언니 얼굴 더 하얘지잖아."

정수아가 사라의 곁에 찰싹 달라붙어 꿍냥거렸다.

그러다가, 정수아는 사라가 아직도 입고 있는 옷을 들춰보며 물었다.

"그런데 이거 안 갈아입어요?"

"살 거야."

"마음에 안 드는 거 아니었어요?"

"예쁘다잖아."

평범하게 돌아왔던 얼굴이 다시 화끈거린다. 곁에서 열기까지 느낄 수 있을 정도였다.

정수아는 눈을 동그랗게 뜨고 사라의 옆얼굴을 힐끗 보고서 키득거렸다.

'왜 괴롭히고 싶다는지 알겠어.'

정수아는 마룡왕의 마음을 조금 이해할 수 있을 것 같았다.

왜 굳이 오늘일까.

그에 대해서는 따로 묻지는 않았다. 오히려 조금 늦은 감마저 있었다.

백현은 주변을 쓱 둘러보았다.

어비스 전체가 백현의 성역이다. 지금 백현과 마룡왕은 그 어비스 안에 들어와 있었다.

백현은 제집 같은 편안함을 느꼈지만, 그와는 별개로 가슴의 두근거림은 거세게 이어지고 있었다.

"똑같군."

마룡왕은 주변을 쓱 둘러보았다.

아무도 없는, 날뛰어도 문제가 없는 장소. 이 장소는 마룡왕이 골랐다.

백현과 처음…… 만난 장소는 아니다.

두 번째 만난 장소.

마룡왕이 용성군에 대한 원한으로 라이 룽을 죽이려 했고, 백현이 그를 막으러 왔던 곳. 과거의 어비스에서 마룡왕이 쭉 거처로 삼았던 곳.

이곳은 용곡이다.

마룡왕은 즐거운 표정으로 높다란 바위산들을 둘러보았다.

이곳은, 똑같지만 다르다. 백현에 의해 새로이 만들어진 어비스에서도 용곡은 있었지만, 과거 마룡왕이 영역으로 삼았던 용곡과는 다른 곳이다.

그래서 의미가 있었다. 이 장소는 여전히 황량했고, 주변에 아무도 없다. 같지만 다른 곳…….

마룡왕은 고개를 돌려 백현을 보았다.

수년 전이다. 마룡왕은 이곳에서 백현과 싸웠다. 인간치고는 강하지만 적수로는 부족한. 호른에서 백현을 패배시켰을 때만 해도, 마룡왕이 백현에게 가진 인식은 그것이 전부였다.

그 인식은 이곳에서 변화했다. 이곳에서 마룡왕은 용성군의 거짓말을 듣고, 미혹에 빠졌다.

그리고 백현에게 한 번 죽을 정도까지 몰렸다. 미혹과 방심, 오만함. 그 모든 것이 마룡왕의 틈을 만들었고, 백현의 파천은 마룡왕의 틈을 꿰뚫었다.

그로 인해 마룡왕이 백현에게 가진 인식은 바뀌었다. 그녀는, 백현을 적수로 인정했다.

하나 그리 인식했다고는 해도 '사실'은 바뀌지 않는다. 그 시점에만 해도 마룡왕은 백현보다 압도적인 강자였다.

하지만. 적수로 인정했고, 미혹에 빠져 있어서. 용성군의 말에 흔들려서. 쭉 해오지 않았던, '감정'을 의식했다.

그래서……. 부끄러운 모습을 보였다. 싸움이 끝나고서 돌아가려는 백현을 붙잡았다. 가지 말라고 말했다.

"이곳이 좋소."

마룡왕은 훌쩍 뛰어올랐다. 그녀는 높은 바위산의 정상에 섰다.

"본녀는 이곳에서 그대를, 그제야……. 실감했소. 본녀 자신의 미혹도 알았소."

마룡왕은 백현을 내려 보았다.

"본녀의 삶은 복수만이 목적이었소. 그때, 이곳에서……. 본녀는 복수와 증오로 무장한 '마룡왕'이 아닌, 나약한 '야화'가

되었소."

그래서 가지 말라고 했다.

두려웠기 때문이다. 그 순간 혼자가 되었을 때, 과연 나는 어떤 생각에 빠질까. 그 생각을 통해 어떤 결론을 내릴까.

그 순간에 마룡왕은 용성군의 말을 부정하면서도 어쩌면 사실일지도 모른다는 미혹을 느끼고 있었다.

"그러니 이 장소가 좋은 것이오."

백현은 고개를 들어 마룡왕을 올려다보았다.

"본녀는 이 장소에서 처음으로 본녀의 약함을 알았소. 처음으로 그대를 인정하고, 인식했소. 처음으로 그대를 가지고 싶다고 생각했소."

쭉 복수만 바라왔다.

"가지고 싶다고. 생각한 것이오."

마룡왕의 얼굴에 환한 미소가 어렸다.

화르륵!

마룡왕이 입고 있던 옷이 붉은 열기에 모조리 불타 재가 되었다. 그 재가 하나로 뭉쳐 허름한 망토가 되었다. 마룡왕은 망토를 몸에 두르면서 말했다.

"본녀는 신격이 되어가고 있소."

신비경의 참극과 용성군을 찢어 죽이던 것.

그리고 뉴욕에서 날뛴 것.

그 모든 것을 전 세계 사람들이 보고, 알게 되었다. 세상에 있어서 마룡왕은 어비스가 낳은 공포의 괴물이었다.

평화 속에서도 그 두려움은 사라지지 않는다.

세상은 퓨어세인트를 소멸시킨 것이 백현이라는 것을 모른다. 그들이 알고 있는 퓨어세인트의 '적'과, 퓨어세인트와 싸운 것은 마룡왕뿐이다.

"이대로 신격이 된다면. 본녀는 그대의 것이 되겠지."

이마저도 의도했을까.

그것은 아니라고 생각했다. 하지만, 서로가 알고 있었다. 백현은 어비스의 주인이 되었고, 마룡왕은 어비스에 대한 공포로 신격이 되어가고 있다.

마룡왕이 완전히 신격이 되어버린다면……. 그녀는 신격이면서도 백현의 권속과 같은 존재가 되어버린다.

"싫지는 않아. 하지만, 저번에도 말하지 않았소. 본녀를 갖고 싶다면 본녀보다 강해야 해."

백현은 주먹을 쥐며 마룡왕을 올려다보았다.

마룡왕이 생각하는 대로, 이 모든 것이 백현의 의도는 아니었다. 마룡왕을 이용하기로 한 것은 퓨어세인트와 역천자였다.

하지만 결국 어비스의 주인이 된 것은 백현이었다.

"그러니 증명해 봐야겠소."

휘몰아친 바람이 망토를 흩날리게 했다. 그 안에서 마룡왕의 몸이 비늘에 뒤덮였다. 우둑거리며 변화한 용의 팔이 들렸다.

이곳은 백현의 성역이다. 이 싸움은 마룡왕에게 압도적인 불리함을 안긴다.

그게 무슨 상관이란 말인가? 마룡왕은 자신의 불리함 따위는 조금도 생각하지 않았다.

백현도 마찬가지였다. 그는 이 어비스가 자신에게 압도적으로 유리한 전장이라는 것은 생각하고 있지 않았다.

그 유리함을 점하기 위해 어비스를 전장으로 선택한 것은 아니었다.

마룡왕이 이곳에서 싸우기를 바랐고. 백현도 바랐다.

그냥, 주변의 이목을 신경 쓰지 않기 위해서.

"먼저 오라고 하지는 않겠소."

토옥.

바위산 위에서 뛰어오른 마룡왕이, 천천히 아래로 추락했다.

"본녀가 가겠소."

순식간이었다.

마룡왕의 몸이 가속했다. 그녀는 가공할 위력의 용마력을 몸에 두르지는 않았으나, 내비치는 투기는 용마력보다 강렬하게 느껴졌다.

순식간에 거리를 좁혀온 마룡왕이 백현의 머리 위에서 멈추었다.

멈춘 것처럼 보였다. 긴장과 갈증과 투기와, 백현이 가진 모든 것이 전투를 마음먹었다. 그 멈춰 버린 순간에 백현은 마룡왕의 웃음을 보았다.

흉악하게 변한 용의 팔이 백현의 머리를 노리고 날아왔다.

백현은 즉시 고개를 뒤로 젖히며 상체를 함께 기울였다.

붉은 눈동자가 안광을 내뿜으며 미끄러진다. 서로의 눈은 똑같이 붉었다. 백현은 양손으로 땅을 짚으며 두 발을 위로 쳐올렸다. 마룡왕의 허리가 비틀렸다.

그녀는 단단한 비늘로 백현의 발을 막아내면서 꼬리를 움직였다. 길쭉한 꼬리가 지면을 통째로 휩쓸었다. 백현은 즉시 손을 뻗어 마룡왕의 꼬리를 붙잡았다.

휘둘러 치는 꼬리와 함께 백현의 몸이 요동쳤다. 백현의 양팔에 힘이 들어갔다. 백현은 힘주어 꼬리를 당기며 바로 세운 다리를 굽혔다.

마룡왕의 작은 몸이 홱 하고 들렸다. 마룡왕은 빠르게 지나가는 시야 속에서도 백현을 놓치지 않았다. 그녀의 입이 쩍 벌어졌다.

꽈아앙!

근접 거리에서 쏘아낸 기염이 백현의 몸을 집어삼켰다. 마룡왕은 쏴대는 기염을 엔진 삼아 뒤로 쭉 물러났다.

화아악!

휘두른 손길에 따라 기염이 수십 갈래로 찢겼다. 백현은 그 뜨거운 열기를 호흡으로 삼키며 땅을 박찼다.

마룡왕의 양팔이 용의 팔로 변했다. 체구에 맞지 않는 거대한 팔이다. 뒤에서 흔들리던 꼬리가 땅을 내리찍었다.

마룡왕의 몸이 용수철처럼 앞으로 튀어나갔다. 먼저 휘두른 것은 마룡왕의 팔이다. 그 거대한 팔과 손이 백현의 시야를 통째로 감추었다.

백현은 내지르는 주먹에 망설임 따위는 싣지 않았다. 마룡왕이 싸움을 원했고, 증명을 원했다. 백현은 꽉 쥔 주먹을 위로 들었다.

'똑같나.'

아무래도 나는 생각했던 것 이상의 욕심쟁이였던 모양이다.

백현의 주먹이 마룡왕의 손바닥에 적중했다. 비늘이 사방으로 튀고 마룡왕의 팔도 함께 터졌다.

흩날리는 핏물을 보면서 백현은 보다 앞으로 전진했다. 옆에서 날아오는 손을 피하지 않았다. 배 앞에 바짝 붙였던 손이 마룡왕의 공격을 막아냈다. 백현의 몸이 붕 떠올랐다.

흩날리다 증발되는 핏물 너머에서, 백현은 마룡왕의 얼굴을 보았다.

즐거움에 취해 섬뜩한 미소와 열망으로 가득 찬 눈동자.

새삼스러울 것도 없었다.

호른의 지하에서 처음 만났을 때부터.

백현은 마룡왕을 갖고 싶었다.

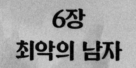

6장
최악의 남자

이 장소. 어비스는 틀림없이 백현에게 유리한 전장이다. 백현이 작정하고 어비스를 성역으로 이용해 싸운다면, 이 싸움은 성립되지 않는다.

아무리 마룡왕이 강하다고 해도 성역에서의 싸움에서 백현은 무적에 가까웠다.

이곳에서 싸워 백현을 패배시킬 수 있는 것은 절대신격 정도일 것이다.

마룡왕은 그것을 잘 알고 있다. 그녀는 백현이 퓨어세인트를 어떻게 쓰러뜨렸는지를 보았다.

마신의 힘을 잃었다고 해도, 그때의 퓨어세인트는 어비스의 그 어떤 신격보다도 강했다.

불공평하다는 생각은 조금도 하지 않는다. 백현에게 압도적으로 유리한 전장을 선택한 것?

다른 장소라고 해서 무엇이 변할까. 이동 성역을 소유한 백현에게 불리한 전장은 없다.

마룡왕은 멀어지는 백현의 얼굴을 응시했다. 이 전장에서 유리함을 갖는 것은 백현뿐만이 아니다.

마룡왕은 어비스의 공포로 신격화되고 있다. 물론 어비스의 주인은 백현이니, 마룡왕이 갖는 이점과 백현의 이점은 비교가 안 된다.

하지만.

'그대는 쓰지 않겠지.'

마룡왕은 백현을 안다.

그것은 어찌 보면 광기에 가깝다. 신격답게, 성역의 이점을 사용한다면 싸움이 되지 않는다. 그래서 백현은 '하지 않는다'.

"그대는 짓궂어."

마룡왕은 자그마한 소리로 중얼거렸다.

만약 이곳에서 싸워서, 졌다면.

어쩌면 마음 한구석에서 핑곗거리를 만들고 싶었을 뿐일지도 모른다. 당연하고, 어쩔 수 없는 패배였다고. 그렇게…….

핑계를 만들어서, 결국 패배했다는 것을 못 이기는 척 받아들이고 싶었던 것일지도 모른다.

하지만 백현은 마룡왕이 핑곗거리를 만들게 두지 않으려 하고 있었다. 그는 성역의 주인다운 이점을 쓰지 않았다.

멀어졌던 얼굴이 확 하고 다가온다. 마룡왕은 자신도 모르게 쓴웃음을 지어버렸다.

사실 잘 모르겠다. 핑계를 만들고 싶었던 것인지. 아니면……. 백현이 '저렇게' 할 줄 알고서, 일부러 어비스에 온 것인지. 어느 쪽이든 이제는 상관없다.

백현이 성역을 사용하지 않음으로써 이 싸움은 '동등한' 입장이 되었다.

등 뒤에는 아무것도 없다.

넓은 세상이 있을 뿐이다. 하지만 마룡왕은 자신의 '마음'이 절벽 끄트머리에 몰렸음을 느꼈다. 핑계를 댈 수도 없다.

저 동등함은 백현의 양보에서 비롯된 것. 여기서 패배해 버린다면……

"어쩔 수 없는 패배, 도 못 하게 할 생각이구려."

마음이 도망칠 곳은 없다. 각오하고 절벽으로 떨어지던가……. 앞으로 뛰어나가던가.

둘 중 하나인가.

마룡왕은 피식 웃었다. 마룡왕은 나약해지고 '싶었던' 마음을 스스로 짓밟았다.

이겨서 가지겠다고. 분명 그렇게 생각했었다.

결국은 허세였나.

어쩔 수 없다고 생각하고 패배해서, 갖지 않고……. 가져지고 싶을 뿐이었나.

마룡왕은 몸속을 달구는 열기를 의식했다. 그녀의 몸이 무너지듯 앞으로 기울어졌다.

서로가 출수했다. 큼직하고 흉악한 손이 채찍처럼 튕겨 공간을 찢었다. 갈고리처럼 날카로이 휘어진 손톱이 섬뜩한 소리를 내며 다가온다.

그를 맞이하듯 나온 백현의 손은, 강건함이라곤 없었다. 관절과 근육에 힘이라곤 실려 있지 않았다.

어설프기 짝이 없는 대응, 마룡왕은 그리 생각하지는 않았다.

끊거나, 베지 못했기 때문이다. 힘이라곤 없어 보이는 손인데 유연하고 억세다.

엮어온 손가락이 손톱을 휘감고 으깨어 버린다. 놓지 않겠다는 듯, 백현의 작은 손이 커다란 용의 손을 꽉 붙잡는다.

마룡왕은 즐거워 웃었다. 당기는 힘에 버티려 들지 않았다. 획 하고 백현에게 끌려 온 마룡왕의 입술이 벌어졌다.

길게 내쉬는 숨결은, 한숨이 되기 전에 열기가 되었다.

콰르르르!

시뻘건 기염이 백현을 집어삼켰다. 마룡왕은 기염의 위력을 줄이지 않고 몸 안의 열기를 통째로 쏘아냈다.

심장도, 몸도, 모든 것이 뜨거웠다. 기염의 열풍 속에서 아른거리는 모습이 마룡왕을 더욱 뜨겁게 달구었다.

[마룡왕.]

칼자루가 진동한다. 검무희가 무덤덤한 목소리로 마룡왕을 불렀다.

[진심으로 죽이려는 겁니까.]

"그래야 하오."

꼬리가 열풍을 난도질했다. 아른거리는 모습은 베어지지 않고 휙 꺼져 사라져 버렸다. 마룡왕은 즉시 눈동자를 돌렸다. 심안은 백현의 이동을 간파했다.

"그래야 후회 없이 납득할 수 있잖소."

[……그 역시 심안을 가지고 있습니다.]

검무희의 목소리가 조금은 굳는다. 그녀는 백현이 자신과 싸웠을 때와 비교가 안 될 정도로 강해졌음을 알았다.

그때의 백현도 분명히 강했다. 하지만 '완성'되지는 않았다. 그 시절 백현의 심안은 검무희보다 부족했다.

그 부족함을 대체한 것이 그때까지 백현이 쌓아온 경험과 기술이었다.

지금은 어떤가? 백현의 심안은 완성되어, 검무희의 심안 이상으로 나아가 버렸다.

경험은 보다 많아졌고 기술 또한 완성되었다. 만약 지금의 백현과 싸우게 된다면 얼마나 '버틸 수 있을까'. 검무희는 그런 생각을 하면서, 마룡왕의 마음을 느꼈다.

후회 없이 납득하고 싶다고 했다. 검무희는 피식 웃었다. 아까의 흔들림은 조금도 남아 있지 않았다.

지금 이곳에 있는 것은 승리를 당연히 여기고 갈망하는 마룡왕이었다. 검무희는 마룡왕의 그런 완고함이 좋았다.

[돕겠습니다.]

"얼마든지."

모욕이라 생각하지 않았다. 그녀는 진심으로 이기겠다고 마음먹었다. 그렇다면 사용할 수 있는 모든 것을 사용할 생각이다.

꽈지직!

내리찍은 손톱이 바위산을 통째로 분쇄했다. 마룡왕은 튀어 오르는 잔해 속에서 홱 고개를 들었다.

웃음을 참느라 씰룩거리는 입술이 보인다. 기분 좋게 웃으면 될 것을 굳이 힘을 주어 참고 있다.

아직 웃을 때가 아니라고 생각하기 때문이다. 백현은 마룡왕의 기질이 완전히 바뀐 것을 느꼈다.

지금의 그녀에게는 아무런 망설임도 없었다. 진심으로 이기겠다고 날 죽이겠다고 생각하고 있다. 그 뚜렷하고 날카로운 적의가 소름 끼치고 즐겁다.

백현은 즉시 아래로 추락했다. 치솟던 흙먼지가 푹하고 꺼졌다. 백현은 상체를 바짝 낮추어 양팔을 크게 휘둘렀다.

서로에게 흙먼지 따위는 시야의 장애물이 되지 못한다. 마룡왕의 양손에 붉은 용마력이 어렸다.

커다란 폭음이 연이어 울렸다. 쩌렁쩌렁 울리고 퍼지는 힘의 파장이 주변 일대를 붕괴시킨다.

백현은 최소한으로 움직였다. 얕은 회피를 이어가면서 손을 움직인다. 직접적인 방어보다는 닿아 흘려보낸다.

지금 백현의 천의무봉은 창시자인 우자마저도 뛰어넘어 있었다.

마룡왕은 자신의 맹공이 너무나도 쉽게 흘려지는 것을 보았다. 지금 마룡왕의 시야는 아득하게 넓다.

검무희의 시야마저 더해졌기 때문이다. 심안을 통해 보는 흐름이 엉키고 전혀 다른 곳으로 흘러나가는 것을 본다.

마룡왕은 천의무봉을 쓸 수 없다. 그녀의 심안은 넓고 전능한 시야만 부여하는 것이 전부다. 그것으로 충분하다. 마룡왕의 흐름이 더욱 강맹해진다.

어설프게 손을 대면 집어삼켜질 격류가 덮쳐온다.

손을 뻗는 것에 주저함은 없다. 백현의 중심은 그 어떤 격류에도 삼켜지지 않을 만큼 무겁다.

뚜두둑!

전혀 다른 성질의 흐름이 충돌했다. 누구 하나 물러서지 않왔다. 둘은 우직하게 앞으로 나아갔다.

커다란 손이 몸 전체를 잡아 쥘 듯 다가온다. 백현은 몸을 옆으로 홱 돌리고 다리를 바짝 붙여 뻗었다.

아슬하게 스쳐 지나간 마룡왕의 팔을 팔뚝과 겨드랑이로 붙잡았다. 그리고 오른손으로 마룡왕의 반대쪽 팔뚝을 단단히 붙잡았다.

뒤로 젖혔던 머리로 마룡왕의 이마를 들이박았다. 빠직하는 소리와 함께 마룡왕의 투구에 금이 갔다.

하지만 그녀의 몸은 휘청거리지도 않았다. 다리 사이에서 치솟은 꼬리가 백현의 목을 노리고 쏘아졌다.

그 순간에 백현은 머리를 움직였다. 꼬리가 아슬하게 스쳐 지나간다.

놓칠까 보냐.

백현은 입을 쩍 벌리더니 마룡왕의 꼬리를 물어뜯었다. 그 순간에 날카로운 비늘이 일어났다. 상관하지 않았다.

쫘득!

백현의 입에서 피가 튀었다. 서로의 피였다.

"짐승 같군!"

마룡왕이 큰 소리로 웃었다. 물어뜯긴 꼬리가 짓이겨 끊어졌다. 통증은 섬뜩하고 달콤했다.

마룡왕은 지면을 짓밟고 앞으로 튀어나갔다.

꽈직!

단단한 비늘의 투구가 백현의 가슴을 들이박았다. 백현의 몸이 뒤로 붕 떠올랐다. 그는 입에 남은 피와 비늘, 살점을 뱉어내면서 공중에서 자세를 바로 했다.

마룡왕이 직접 오기 전에, 무언가가 날아왔다. 확실하게 보았다. 마룡왕이 직접 끊어낸 꼬리였다.

피하기도 전이었다.

꼬리가 풍선처럼 부풀어 오르더니, 펑 터져 버렸다. 쫙 퍼진 비늘 파편 전부가 공격이었다.

그것을 피해 훌쩍 뒤로 물러섰다. 즉시 고개를 돌렸다. 마룡왕은 백현이 본 곳에 있었다.

바로 옆이었다.

낫처럼 휘두른 팔꿈치가 백현의 머리카락을 흩날리게 만들었다. 마룡왕의 팔은 더 이상 거대하지 않았다.

그녀의 팔은 체구에 걸맞게 줄어 있었다. 보기만 그럴 뿐이다. 백현은 지금 마룡왕의 팔에서 용의 팔 이상의 크기와 파괴력을 느꼈다.

'하지만.'

백현의 양팔이 움직였다. 그는 스쳐 지나가는 마룡왕의 팔을 나서서 붙잡았다.

뜨드득!

굽힌 손가락이 마룡왕의 팔뚝을 휘감은 비늘을 역방향으로 긁어냈다. 그렇게 쭉 올라간 손이 마룡왕의 어깨를 잡아 비틀었다.

'내가 더.'

비늘이 통째로 긁혔지만 마룡왕은 비명 하나 지르지 않는다. 오히려 기회라는 듯이 몸을 붙여오며 주먹을 휘두른다.

마룡왕의 주먹이 백현의 뺨과 닿는다. 그 순간에 백현의 목에 힘이 쭉 빠졌다.

주먹과 충돌한 백현의 머리는 솜털처럼 가벼웠다. 밀려오는 힘에 저항하지 않고 돌아가는 머리와 함께 백현의 몸이 함께 회전한다. 백현은 여전히 마룡왕의 어깨를 잡고 있었다.

그래서 함께 돌았다. 쭉 빠져 있던 힘이 한순간 되돌아온다. 백현은 마룡왕의 몸을 땅에 내리찍으면서 마룡왕의 팔을 뒤로 쭉 당겼다.

이대로 뽑아낼 심산이었다. 힘을 주어 당긴 팔의 근육이 쭉 늘어난다. 조금만 더 당기면 마룡왕의 팔이 그대로 끊어져 버릴 것이다.

하지만 그러기도 전이었다. 마룡왕의 등이 '활짝' 열렸다.

길게 치솟은 날개가 백현을 물러서게 만들었다. 마룡왕은 숨을 몰아쉬며 일어섰다.

우두둑!

탈골되어 뽑히기 직전까지 갔던 팔이 제대로 붙는다. 감각은 확인해 볼 것도 없었다. 꺼냈던 날개는 펼쳐지지 않고 '흩어졌다'.

마룡왕은 한 걸음 뒤로 물러서며 손가락을 들어 백현을 겨누었다.

흩어진 날개가 시뻘건 용마력이 되었다.

콰콰콰쾅!

마룡왕의 등 뒤에서 용마력이 포격처럼 쏘아졌다.

뒤로 물러서던 백현은 더 이상 웃음을 참지 못했다.

"아아아!"

백현은 커다랗게 고함을 지르며 달렸다. 가볍게 뻗은 발이 그의 몸을 쭉쭉 가속시켰다.

지금 백현은 당연하게 사용할 수 있는 혼돈의 힘은 조금도 사용하지 않고 있었다.

사용할 필요가 없어서? 그런 것이 아니다.

백현은 무신을 신명으로 삼았으며, 심연의 왕좌와 혼돈의 근원마저 사용하고 있다. 그건 백현의 것이되 백현이 이룬 힘은 아니다.

무신이라는 신명에 있어서, 가장 어울리는 것은 바로 이렇게 싸우는 것이다.

혼돈 또한 자신의 무(武)임을 부정하지는 않겠지만, 누구나 선호하는 것이 있는 법이다.

백현은 펑펑 터지는 강기공을 좋아한다. 끔찍한 위력의 혼돈을 주무르다 터무니없는 파괴를 행하는 것도 좋아한다.

하지만 백현이 가장 좋아하는 것은. 누가 뭐라 해도, 이렇게 싸우는 것이다. 털이 바짝 곤두설 정도의 긴장이 좋다. 살갗에 돋아나는 오돌토돌한 소름이 좋다.

판단을 한 번 잘못하면 목숨이 날아가 버릴 거리가 좋다. 한 수 앞을 보고, 거기서 더 한 수 앞을 보고, 더, 더 앞을 보고. 농간하는 변수를 파악하는 것이 좋다. 불확실에 뛰어들어 체감하는 것이 좋다.

그래, 이 거리.

백현은 마룡왕을 보았다.

용마력의 포격 너머에서 마룡왕이 양팔을 벌리며 다가오고 있었다. 거리는 아직 멀다. 하지만 서로가 느끼는 간격은 좁다. 바로 이 거리다.

백현은 이 거리에서 싸우는 것이 좋았다.

스승인 무신마는 기공의 대가였다. 기를 지배한다 생각하라고. 스승은 그리 조언해 주었다.

파천신화공을 익히기 위해서 가장 먼저 해야 할 일은 상식을 버리는 것.

나 자신을 세상으로 여기고, 세상이 곧 내가 된다면 내 뜻이 바로 세상의 뜻이 된다.

기는 세상 전체에 흩어져 있으니, 기를 알고 나 자신으로 여기는 것이 세상을 아는 첫 번째. 그것이 바로 신화(神化)의 초입.

이미 지나왔다. 그 성취를 지나 발아래에 두었다. 그 시절에 보았던 스승은 까마득히 높았다.

지금은 어떨까. 이 한순간에 백현은 그 시절의 과거로 돌아갔다. 스승에게 무참히 패배했을 때로. 그때 높이 보이던 스승이 지금 다시 보니, 낮게 느껴졌다.

백현은 세상이 무엇인지 안다. 자기가 누구인지 안다.

그는 이미 세상의 중심에 서보았고 모든 것을 관조하는 전능감이 어떤 기분인지 알고 있었다. 그는 기를 이해했다.

세상 전체에 퍼진 기를 이해하고, 그를 자신의 뜻으로 다룰 줄 안다.

그 전능함을 행하는 것은, 바로 이곳에 있는 백현 자신이다. 그는 기를 이해함을 넘어 자기 자신을 완벽하게 이해했다.

세상을 붕괴시키는 기공도, 혼돈의 힘도, 모든 것이 백현의 것이며, 백현의 안에 있었다.

신화경.

백현은 그마저 지나쳤다.

그렇기 때문이다. 뻗은 주먹은 단순한 주먹이 아니다. 혼돈을 사용하지 않아도, 강기를 내뿜지 않아도. 백현의 몸은 그 무엇보다 강했다.

그의 마음과 몸과 세상의 기가. 모든 것이 일체되어 있다. 백현을 덮치는 용마력이 일제히 걷힌다. 마룡왕은 당황하지 않았다.

그녀는 고요히 가라앉은 백현의 눈의 아득한 깊이와 반짝이는 현기를 느꼈다. 그런 눈을 하고 있으면서도 어린아이처럼 방긋 웃고 있다.

'아.'

납득을 원했다. 증명해 달라고도 청했다.

그마저도 삼켜졌다. 하지만 조금도 불쾌하지 않았다. 마룡왕은 이 싸움마저 통째로 잡아먹고 더 나아가는 백현에게 전율했다.

그리고 새삼 이런 생각이 들었다.

만약 내가 이겨 버린다면, 저 남자를 자신의 것으로 삼을 수 있을까. 저 만족할 줄 모르고 숨 쉬는 것처럼 자연스럽게 무를 추구하고 나아가며 커져가는 남자를……. 소유할 수 있을까.

'가질 수 없어.'

욕심이 흩어진다.

'본녀가 할 수 있는 건……. 간신히 그대의 곁을 함께 걷거나, 아니면 선망해 뒤를 따라가는 것 정도인가.'

짓궂고도, 나쁜 사람이다. 순수한 광기만으로 앞을 향해 달려간다. 하지만 무엇 하나 버리려 들지 않는다. 저 먼 곳을 향해 앞서 나아가면서도 뒤로 손을 뻗어 '잡고 있다'.

마룡왕은 사라를 떠올렸다. 그 계집아이 역시 이런 기분을 느꼈겠지.

아니, 저 남자에게 그런 식으로 매혹된 것은 사라뿐만이 아니다. 백현의 길을 봐버리면, 매혹되어 버린다. 어떻게든 쫓으려 들며 손을 뻗는다. 무령이 그랬던 것처럼.

마룡왕도 그런 기분을 느끼고 있었다.

"최악의 남자로군."

마룡왕은 키득거리며 웃었다.

여전히 싫다는 생각은 들지 않았다.

힘껏 뻗은 주먹이 눈앞으로 다가왔다. 마룡왕은 피하지 않고 얼굴을 들이밀었다.

빠앙 하는 소리 귓가를 찢었다. 아슬하게 스쳐 지나간 주먹이 풍성한 머리카락을 날려 버렸다.

마룡왕은 어깨로 백현의 가슴을 밀치면서 양팔로 그의 허리를 휘감았다. 피하지 않고 앞으로 돌진한 둘의 몸이 얽혀 땅을 뒹굴었다.

그녀는 주먹을 치켜들고 아래로 내리찍었다.

꽈앙!

지면이 움푹 가라앉았다. 백현은 얼굴 바로 옆을 찍은 주먹을 보지도 않고 허리에 힘을 주었다.

벌떡 일어선 두 발이 마룡왕의 목을 붙잡았다. 그 자세에서 허리를 옆으로 비틀고, 양손으로 땅을 밀었다.

마룡왕의 몸이 옆으로 돌려졌다. 그녀는 힘을 주어 저항하지 않았다. 대신에 백현의 다리를 손으로 꽉 잡았다. 그녀의 악력으로도 백현의 다리를 쥐어 터뜨릴 수는 없었다. 그럴 생각도 없었다. 그냥 잡고 있는 것이 목적이었다.

마룡왕의 입이 크게 벌어졌다.

꽈르르릉!

시뻘건 기염이 공간을 꿰뚫었다. 바짝 붙은 거리였지만, 백현은 기염에 삼켜지지 않았다.

기염이 몸을 덮치는 순간에 천의무봉을 써서 궤도를 살짝 바꿔 버렸다. 직선으로 쏘아진 기염이 도중에 꺾여서 위로 뿜어졌다. 앞머리 끝에서 탄내가 났다.

아직 붙잡고 있는 다리로 마룡왕의 목을 쥐려 했지만, 잡은 손의 힘이 다리를 좀처럼 움직이지 못하게 만들었다.

백현은 허리를 튕기며 양 팔꿈치로 마룡왕의 머리를 내리찍었다.

꽈직!

금이 가 있던 투구가 완전히 박살 났다. 하지만 그 이상은 하지 못했다. 날카로이 세운 수도가 백현의 옆구리를 관통했다.

관통한 것처럼 보였다. 백현의 허리가 뒤로 쭉 빠졌다. 찌른 수도가 옷을 부욱 찢었다.

그 뒤에 번쩍이는 빛이 마룡왕의 시야를 가렸다. 더 이상 잡을 것이 남아 있지 않았다.

뒤. 검무희가 비명 같은 소리로 경고했다.

'못 봤……'

마룡왕이 고개를 돌렸다.

꽈앙!

또다시 눈앞이 번쩍거렸다. 마룡왕의 발이 휘청거리며 밀려났다. 얼굴 중심이 화끈거렸다가 감각이 사라졌다.

맞았다. 그 생각을 떠올리기도 전에.

머리가 옆으로 돌아갔다. 으직, 하는 소리가 골을 흔든다. 순간적으로 몸에 힘이 쭉 빠졌다.

머리 아래에 있는 몸뚱이가 천근 바위처럼 무겁게 느껴졌다. 입 안에서 느껴지는 비릿한 피의 맛이 마룡왕의 정신을 확 깨웠다.

어지러운 정신이 바로잡힌다. 마룡왕의 눈에 불빛이 켜졌다.

그리되어, 다시 볼 뿐이었다.

주먹이 눈앞에 있었다. 마룡왕은 입술을 씹으며 고개를 획 비틀었다.

빠각!

아슬하게 스친 주먹이 마룡왕의 코를 날려 버렸다. 쭉 튀어나가는 피를 눈으로 좇으면서 시선을 돌린다. 획 치켜든 팔꿈치가 백현의 목젖을 때린다.

때리지 못했다. 잡혔다. 거센 악력이 팔꿈치를 으깨 버렸다.

마룡왕의 입술이 작게 모였다. 숨을 삼키지도 않고 내뱉는다.

기염, 쏘게 두지 않았다.

뻐억!

백현의 손바닥이 마룡왕의 턱을 쳐올렸다. 마룡왕의 머리가 뒤로 기울어진다.

꽈아아!

내뿜은 기염이 붉은 빛줄기가 되어 하늘을 가로질렀다. 입 안이 불덩이를 넣은 것처럼 화끈거렸다.

골속에서 뇌가 뒤흔들린다. 검무희의 목소리가 멀게 들렸다. 억지로 몸을 움직였다.

쿵쾅거리며 뛰는 심장은, 마룡왕이 아직 살아 있음을 실감하게 만들어주었다.

아득한 고통은 오히려 멀게 느껴졌고 기쁘기도 했다. 마룡왕은 팔꿈치가 부서진 팔을 채찍처럼 휘둘렀다.

붙잡아서, 쥐어짜듯 돌려 버렸다. 그 뒤에 뽑았다. 뽑은 즉시 손에 힘을 풀어 놓아버렸다. 배배 꼬인 팔이 바닥을 뒹굴었다.

휘청거리며 물러서던 마룡왕의 다리에 힘이 실렸다. 심장은 아직 뛰고 피는 끓는 것처럼 뜨겁다.

마룡왕의 눈은 아직 빛이 켜져 밝았다. 아직, 그녀는 패배하지 않았다.

그건 백현도 알고 있었다. '조금' 때렸다고 해서 마룡왕에게 패배를 납득시킬 수는 없다.

저 오만하며 광폭한 존재를 납득시키기 위해서는, '더'가 불가능할 정도로 확실한 패배를 새겨줄 수밖에 없다.

상처 입은 맹수가 위험하다고 했다. 마룡왕은 처음부터 위험했고, 지금은 더욱이 위험했다.

강자였던 그녀에게 고통은 익숙한 것이 아니다. 그녀는 스스로 고통을 느끼는 것보다는 다른 누군가에게 고통을 주는 것이 익숙했다.

그렇다 하여 이 고통에 마룡왕의 마음이 꺾인 것은 아니었다. 고통이 그녀에게 주는 것은 공포가 아니었다.

그녀가 마룡왕이라 불리기 이전에 불렸던 아명은 야화(野火). 그 이름처럼, 그녀는 거대한 불길이었다. 고통은 마른 장작처럼 불길을 거세게 만들었다.

손톱.

긁고, 베고, 할퀸다. 박아 넣을 수도 있다. 맹수가 타고난 손톱은 잘 벼린 칼만큼이나 날카롭고 칼보다 까다롭다.

그런 손톱이 눈앞을 휙휙 지나간다. 백현은 호흡을 잊었다. 그럴 여유가 없었다. 무의식의 호흡마저도 지금은 방해였다.

핏, 핏.

섬뜩한 파공성이 들릴 때마다 백현의 몸에서는 그런 소리가 났다. 얇게 스치듯 지나간 것들이 백현의 몸에 흔적을 새긴다. 피가 조금씩, 흐르고 있었다.

사선을 넘어온 것은 백현뿐만이 아니다. 군더더기 없는 움직임에 화려함은 없었다. 극한의 효율만 남아 있을 뿐이다.

서로 살아온 삶, 경험, 모든 것이 다르다. 그 다른 것을 비교해 누가 더 나은가?

둘 중 누구도 자신이 못하다는 생각은 하지 않는다. 그러니 둘 중 누구 하나 먼저 멈추지 않는다.

멈추게 된다면, 멈출 수밖에 없게 되었을 때뿐이다. 더 움직일 수 없을 때뿐이다.

'그렇게 되는 건.'

몇 번이나 맞았지?

모르겠다. 세는 것을 잊었다. 조금씩, 조금씩……. 쌓여가고 있다. 맞기만 하지는 않았다. 몇 번이고 때렸다.

나는 무얼 때리고 있었나.

저 남자는 평생을 살며 겪은 무엇보다도 강하다. 강해져 있었다. 강해져…….

버렸다. 홀로 살아남아 멸룡전을 일으켜, 수많은 적을 만들고 모조리 죽여 살아남았다.

초월종이라 으스대던 용들. 용의 우두머리였던 제천군을 비롯해 힘깨나 쓴다는 용들의 강함이 지금 와서는 어린아이처럼 느껴진다.

마룡왕은 반사적으로 손을 들어 올렸다. 막기 위해서였다.

피해야 할 다리와 허리가 잘 움직이지 않았기 때문이다.

하지만 기껏 들어 올린 손도. 눈앞에서 뚫려 버린다. 조금 전진을 더디게 했나?

아니. 붕 떠오른 몸이 그 사실을 증명했다. 공중에 떠버린 두 발이 무언가를 딛지 못하고 허둥거린다. 시야는, 아까 전부터 붉었다.

심안……

그 눈으로 보는 세상도 모두가 빨갛다.

부유감이 끝났다. 마룡왕은 땅에 서서 자신의 몸을 내려 보았다.

성한 곳은, 많았다. 상처가 바로바로 재생되었기 때문이다. 허울만 좋을 뿐이지. 겉으로 보기만 멀쩡하지 내실은 엉망이다.

으깨진 비늘은 더 재생하지 않고 맨살을 드러낸다. 상처 없는 피부 아래, 뼈와 근육은……. 다치지 않았다. 하지만 힘은 잘 들어가지 않았다.

고개를 들어 눈앞을 본다. 백현은 작게 숨을 몰아쉬며 관절을 풀고 있었다.

마룡왕은 그 모습을 보며 빙그레 웃었다. 용곡, 이 일대는 아무것도 남아 있지 않았다.

폐허랄 것도 없이 모든 것이 사라져 버렸다. 자연스럽게 과거의 싸움이 떠올랐다. 호른에서도, 용곡에서도, 그리고 그 이후로도.

몇 번이나. 마룡왕은 백현을 죽일 기회가 있었다. 죽일 수 있었다. 백현의 다시 볼 때마다 놀라울 정도로 성장했지만, 그 시절에는 언제나 마룡왕이 백현보다 강했다. 그때…… 확실하게 쓰러뜨렸다면. 확실하게 죽였다면.

"그때 그대를 죽이지 않아 다행이오."

그때 죽였어야 했는데.

그런 후회는 조금도 들지 않았다. 마룡왕은 피로해 창백한 얼굴 한복판에 환한 미소를 그렸다.

그때 죽이지 않았기에 오늘을 맞이한 것이다. 마룡왕은 보다 높이 고개를 들었다. 회백색의 하늘. 어비스의 하늘 빛깔은 언제 보아도 우중충하다. 마룡왕은 잠시 동안 그 하늘을 올려다보았다.

기이한 일이다. 저 뿌연 하늘이 왜 이리도 맑고 높게 보이는가. 잘 보이지 않는 태양이 이상할 정도로 환하게 보인다.

마룡왕은 잠시 넋을 잃고서 그 하늘을 올려다보았다. 그리고 천천히 시선을 떨구어 눈앞의 백현을 보았다.

아. 결국 모든 것이 허상이라.

태양은 저 위에 있지 않았다. 이 세상의 새로운 주인은 바로 마룡왕의 눈앞에 있었다.

"오늘 마룡왕은 죽을 것이오."

마룡왕은 담담한 목소리로 말했다.

"죽게 될 것이오. 더 이상……. 그 신명은 존재할 필요가 없게 되었으니 말이오. 오히려 버리는 것이 늦었소.”

과거와 복수라는 사명을 벗었다. 복수를 대변하던 신명이었고, 복수를 이뤘으니 더 필요가 없었다.

살아평생 한 번을 자유로웠던 적이 없었다. 모든 것을 잃고 홀몸이 되었을 때. 복수는 평생의 업이 되었다.

복수를 이루면 자유로워질 수 있으리라 생각했다. 아니었다. 오히려 공허해졌고, 공허함에 얽매였다.

“버리게 해주시오.”

마룡왕은 웃으며 말했다.

힘이 잘 들어가지 않은 무력한 몸인데. 무겁다는 생각은 들지 않았다. 오히려 너무 가볍다.

이래도 되는가 싶을 정도로 가볍다. 마룡왕은 날 듯이 뛰었다. 그렇게 뛰다가 날았다.

그렇게 뛰어들어, 백현의 품에 안길 것만 같았다.

한순간.

백현은 창과 칼, 이 세상 모든 날카로운 날붙이를 한곳에 모아둔 것만 같은 형상을 떠올렸다.

그건 의심의 여지 없는 원초적인 폭력의 모습이었다. 지금의 마룡왕은 그런 폭력을 모조리 몸에 두르고 있었다.

말은 버리게 해달라고 하였지만 날아오는 마룡왕은 버리겠다는 생각은 조금도 하고 있지 않은 것 같았다.

허상인가 실체인가. 아무래도 좋다. 눈앞에 있는 것은 마룡
왕이었고, 야화였다.

백현은 손을 들었다. 이 순간이었다. 지금이야말로 백현은
마룡왕이 아닌 야화를 이해한 것만 같았다.

처음 야화라 불러달라고 했을 때를 떠올린다. 그때 눈앞에
있는 것은 야화였나 마룡왕이었나.

무어가 다르단 말인가. 이름? 그깟 이름이 존재를 정의하지는
않는다. 그때도, 지금도, 눈앞에 있는 것은 마룡왕이자 야화였다.

그리고 앞으로도 그 사실은 변하지 않을 것이다. 마룡왕이, 야
화가 원하는 것은. 버리는 것이 아닌 해방이었다.

마룡왕이라는 이름이 짊어졌던 업에서. 마룡왕으로 살아
야 했던 야화는 자유를 모른다. 앞으로 누려야 할 길고 긴 삶
을 어찌 살아야 할지 모른다.

그 사실을. 직접 듣지 않아도, 느꼈다.

백현은 발을 뻗었다. 앞으로 걸었다. 그 걸음은 폭력이 도사
리는 사지로 향한 걸음과는 달랐다.

언제나 걷던 걸음처럼 편안하고 자유롭다. 어찌 살지 모른
다면, 어찌 살아야 하는지를 알려주면 된다.

공허함에 얽매여 버렸다면 공허하지 않게끔 해주면 된다.
납득을 원한다면 납득시키면 된다.

그 한걸음에. 백현은 자신의 이상을 담았다. 자신이 어떤 존

재가 되고 싶은가에 대해 확실히 주장했다.

자연스럽던 걸음이 무거워진다. 등 뒤에 무언가 거대하고 무거운 것이 올라탄 것 같다. 하지만 걸음을 멈추지 않는다.

백현은 계속해서 걸었다. 앞으로 얼마나 긴 삶을 살게 될까. 영원에 준하는 삶, 그 삶에서 난 어디까지 가게 될까.

미쳐 버린 정신을 무너뜨리지 않기 위해서는 그에 마땅한 존재가 되어야 한다. 이 걸음은 지난번의 걸음의 연장이다.

마룡왕의 존재가 순간 멀어졌다. 마룡왕은 아득한 정신 속에서 백현과의 거리를 의식했다.

손을 뻗으면 닿을까. 닿지 않는다. 아슬아슬하게 닿을 것 같으면서도 멀어진다. 눈이 부셨다.

멀고도 긴 길의 저편에 백현이 있었다. 그 모습이 어지러이 보인다. 그라는 존재가 짙어진 후광이 마룡왕의 눈을 어지럽히고 있었다.

그곳에서 뻗어지는 주먹의 모습은 참 잘 보였다. 잘 보이지 않는 것이 이상했다.

저리도 큰데, 어찌 보지 못할까.

'그대의 등 뒤에.'

마룡왕은 뻗은 손이 부서지는 것을 보았다.

'아니, 그대 자신인가.'

아주 조금, 늦게, 그렇게. 깨달았다.

마룡왕은 환히 웃으면서 가슴을 내밀었다. 살랑거리는 바람이 그녀의 몸을 스치고 지나갔다.

그 바람은 마룡왕을 넘어서, 꽈아아아아! 세상을 뒤흔들었다.

마룡왕은 우두커니 서서 눈앞을 보았다. 너무 멀고 빛나서, 잘 보이지 않았던 모습이 언제 그랬냐는 듯이 지금은 참 잘 보였다.

마룡왕은 눈동자를 내려 아래를 보았다.

세상만큼이나 커다랗던 주먹은 언제 그랬냐는 듯이 평범한 크기가 되어서, 마룡왕의 가슴 앞에 멈춰 있었다.

마룡왕은 피식거리며 웃었다. 그렇게 웃는 입술 사이에서 검게 죽은 피가 주륵 흘러내렸다.

"과연. 확실히 보았소."

마룡왕의 몸이 휘청거렸다. 보았기 때문에, 무엇을 목표로 살아야 하는지를 알았다.

마룡왕이라는 신명……. 멸룡전을 일으켜 수많은 용을 죽였다. 용성군을 죽이고 용옥을 없애면서 마룡왕은 세상 모든 용을 죽인 존재가 되었다.

그 신화. 하찮다.

"그대가 보여주었소."

백현은 손을 뻗었다. 쓰러지려는 마룡왕의 몸이 백현에게 안겼다.

"본녀는 무(武)를 보았소."

마룡왕은 몸을 힘없이 늘어뜨리며 백현을 올려다보았다. 덤덤한 백현의 얼굴을 보는 마룡왕의 눈에 작은 장난기가 어렸다.

"그리고, 납득도 하였소."

축 늘어졌던 팔이 슬며시 들렸다. 마룡왕은 힘을 주어 양팔로 백현의 목을 휘감았다.

"그대는 본녀보다 강하니, 본녀는 그대의 것이오."

"⋯⋯응?"

"설마 지금 와서 아니라 할 생각은 아니겠지?"

"아니⋯⋯ 어⋯⋯."

백현의 얼굴에 난감함이 어렸다.

그러다가, 그는 어색하게 웃으면서 고개를 끄덕거렸다.

"그래."

사라랑 친하게 지내야 할 텐데.

그런 생각이 백현의 머릿속에 수심을 드리웠다.

"저기."

백현은 아래를 힐긋 내려 보면서 목소리를 냈다.

야화와의 일전이 끝나고도, 그는 아직 용곡에 있었다.

사실 이곳은 더 이상 용곡이라 할 만한 장소도 아니었다.

그 높다란 바위산은 모조리 사라졌고, 삭막한 땅도 모조리 뒤집혔다.

"언제까지 그러고 있을 거야?"

그 아무것도 없는 곳의 한복판에서 백현은 엉덩이를 깔고 앉아 있었다.

사락거리는 소리가 귀를 간질인다.

소리만 귀를 간질이는 것이 아니었다. 가늘고 긴 손가락이, 백현의 옆머리를 만지다가 은근히 귀를 건드린다.

백현은 낮게 헛기침을 하며 아래를 내려 보았다.

"아직 몸이 성하지 않소."

야화는 편안한 얼굴을 하고서 백현의 허벅지를 베고 누워 있었다.

몸에 힘이 없어서 움직일 수가 없다. 그 이야기 때문에, 백현은 생전 해본 적 없는 무릎베개라는 것을 하고 있었다.

"여기보다 더 편한 곳 많잖아. 침대라던가."

"본녀와 침대에 가고 싶은 것이오? 망측하기도 하군, 그대의 것이 되었다고 벌써부터 도장을 찍으려는 것이오?"

"아니, 그런 뜻이 아니라……."

"그런 뜻이 아니라는 것도 조금은 실망스럽군. 아직 마음의 준비가 되지 않았다는 뜻인가?"

야화가 히죽 웃으며 물었다. 그 노골적인 질문에 백현은 헛기침을 하며 고개를 돌렸다.

그러자 야화가 백현의 옆머리를 잡아당겼다. 그리 아프지는 않았지만 억지로 버티면 옆머리가 말끔히 뽑혀 나갈 것이다. 백현은 못 이기는 척 다시 고개를 돌렸다.

아래 보이는 눈동자.

참 많이 보았던 눈동자다. 피처럼 붉은……. 그 붉은 눈에. 백현은 사라의 얼굴을 떠올렸다.

사라의 눈도 저렇게나 붉었다. 하지만 달라. 백현은 자신도 모르게 손을 뻗어 야화의 얼굴을 더듬었다.

확실히 다르다.

사라의 눈은 야화만큼 높이 치켜 올라가지는 않았다. 조금 더 크다. 속눈썹이 더 많고, 눈썹은 조금 더 짙다.

붉다고 해서 똑같은 붉음인 것도 아니다. 사라는 더 맑고…….

"무례하군."

야화가 키득거리며 웃었다.

백현은 화들짝 놀라 야화의 얼굴에서 손을 뗐다. 하지만 야화가 그렇게 두지를 않았다.

홱하고 뻗은 손이 백현의 손목을 붙잡았다. 몸이 성하지 않다더니, 들키기 쉬운 거짓말이었다. 야화의 손은 빠르고 강했다.

"본녀의 얼굴을 보고, 본녀를 만지면서. 다른 계집을 생각하다니…… 후후! 이 무슨 모욕이오."

"미안."

재빠르게 사과했다. 하지만 야화는 그리 불쾌히 여기는 기색이 아니었다. 오히려 그녀는 기쁘단 듯이 웃고 있었다.

"불쾌하지 않소."

야화의 손이 백현을 잡아끌었다. 백현의 손이 야화의 뺨에 닿았다.

"본녀를 두고서 그 계집을 떠올린다는 것은. 그대가 본녀보다 그 계집을 잘 알기 때문이겠지."

자그마한 목소리. 숨결이 따스했다. 목소리에는 열망이 실렸으나 눈동자는 투명하고 맑았다. 그 눈동자를 마주하며 백현은 이상할 정도로 무욕했다. 야화는……. 아름답다. 강하기에 더욱 아름답다. 그런 야화가 무방비하게, 오히려 기다리고 있다는 모습으로 아래에 있다.

야화가 빙그레 웃는다.

"그 시간은, 본녀가 어찌할 수 있는 것이 아니오. 그대는 본녀보다 강했고, 본녀를 납득시켰소. 그러니 본녀는 그대의 것인 게요. 그대가 싫다 하여도, 본녀는 그대의 것이 되겠소. 본녀는 이런 방법밖에 알지 못하오."

야화의 손이 움직인다. 백현은 그 손길에 따라 야화의 얼굴을 어루만졌다. 얇고 높은 눈썹. 치켜 올라 매서운 눈매. 오뚝한 코. 부드러운 뺨을 지나, 도톰한 입술.

"그대는 본녀를 알아야 하오. 본녀도, 그대를 알고 싶소."

이건 일종의 시험인가.

열기 띤 목소리와는 다르게 맑은 눈을 보며 백현은 그런 생각을 했다. 저 눈 때문일까. 아니, 그렇지 않다. 백현의 마음은 고요했다.

"그래."

백현은 고개를 끄덕거렸다. 백현은 직접 손을 움직여 야화의 눈과 코와 뺨과 입술을 어루만졌다.

"난 널 잘 몰라. 너도 날 잘 모르고. 그러니까, 앞으로 알아가면 돼."

"핫."

백현의 말에 야화는 작게 웃음을 터뜨렸다. 야화의 손이 위로 들렸다.

그녀의 손이 백현의 뺨을 어루만졌다. 짙은 눈썹. 고집스러워 보이는 눈매. 높지도 낮지도 않은 코. 조금 얇게 느껴지는 입술……. 거친 피부.

"그대는 그 계집을 잘 알고 있소?"

"잘은 모르지만, 많이는 알아."

"다른가?"

"다르다고 생각해."

"후후, 이미 졌지만……. 더 지고 싶은 생각은 들지 않는군.

늦춰지지 않도록 열심히 해야겠어."

"이기고 지는 문제인가?"

"암, 그런 문제고말고. 그 계집아이, 제법 귀엽기는 했지만 은근히 잘난 체하는 구석이 마음에 들지 않소."

야화의 눈이 예리해졌다. 짓궂게 괴롭힌 이유가 바로 그것이다.

사라는 야화가 백현을 마음에 두고 있다는 것은 진즉에 눈치채고 있었다. 그리고 백현도, 야화를 마음에 두고 있음을 알았다. 그녀의 성격이라면 당연히 질투할 문제다.

하지만 질투보다는, 뭔가 우쭐한 마음이 컸다. 그래서 사라는 은근히 야화에게 자신과 백현의 관계에 대해 말해주곤 했다. 그 말을 들을 때마다…….

"가슴에 불이 켜지더군."

야화는 홍 콧방귀를 뀌었다.

"그러니 중요한 것이오. 본녀는 지고 싶지 않소. 기왕이면……. 이기는 것이 좋겠지만 말이오. 뭐, 그거는 너무 나가 버린 욕심인가. 하지만 지고 싶지 않아. 지는 것은 싫소."

야화의 손이 백현의 목을 휘감는다. 그녀는 천천히 몸을 일으켰다. 맑고 투명하던 눈에……. 열기가 어린다.

피하려 했다면 얼마든지 피할 수 있었다. 하지만 백현은 피하지 않았다. 피할 이유가 없었다. 피하고 싶지도 않았다.

야화의 얼굴이 가까이 다가왔다. 입술이 닿았다.

언제부터였을까. 호른에서 처음 만났을 때? 아니, 그때는 이런 생각을 하지 않았지. 가슴을 두근거리게 하는 탐욕을 느끼기는 했지만, 이만큼은 아니었어.

그래…….

백현은 눈을 감지 않았다. 확실하게 눈앞에 있는 야화를 보았다. 예전, 이곳이 아닌 용곡에서 야화와 싸웠을 때. 기염을 내뿜던 그녀의 입술을 보고서 매료되었다. 입을 맞춰보고 싶다고. 그런 생각을 했었다.

"뜨거워."

닿았던 입술이 떨어졌다.

야화는 키득거리며 웃었다. 야화는 자신의 입술을 어루만지다, 손을 내려 왼쪽 가슴에 올려두었다. 두근거리는 심장의 고동이 크다. 피가 뜨겁다.

"밀쳐내지 않는구려."

"그러고 싶지 않았으니까."

"흠, 그 계집이 했던 말과 똑같군. 그 계집도 자기가 먼저 다가갔다고 했지."

"……그런 말까지 한 거야?"

"떠벌리고 싶었던 모양이오. 우쭐해 하는 모습이 참 귀엽고도 얄미웠지. 그래서, 이렇게 된다면 본녀도 그리하겠다고 마음먹었소. 그대는 좀처럼 먼저 오지 않을 것 같았거든."

야화가 빙긋 웃었다.

"물론 그대도 사내이니, 작정하고 유혹한다면 넘어가지 않을 리가 없지. 해본 적은 없지만, 본녀는 꽤 잘할 자신이 있소. 본녀는 아름다우니까."

"……크흠."

제 입으로 그렇게 말하다니. 물론 부정할 수는 없었다.

"하지만 그건 아무래도……. 너무 부끄럽지 않소? 그러니 여기까지요. 본녀는."

야화가 자신의 입술 위에 손가락을 올려두었다.

"여기까지만, 본녀가 나서서 주겠소. 이다음을 원한다면 그대가 직접 오도록 하시오."

"어…… 음."

"아하하, 꼴을 보아하니 한참은 걸리겠군. 그럴 수밖에. 그대는 아주 멀리 있는, 아름다운 것에 매료되어 있으니."

그리고 나도.

야화는 백현이 등진 것을, 아니, 백현의 것이라 할 수 있는 본질을 보았다.

그것이 만들어낸 무한한 길을 보았다. 백현은 그 길에서 스스로 개척해서 길을 이어나가고 있었다.

그 길을 걷는 모습이 어찌나 아름답던지. 보아버린다면, 매료될 수밖에 없는 것이다.

'잔뜩 부추겨 줘야겠군.'

야화는 히죽 웃었다. 오늘 이야기를 사라, 그 계집아이에게 해준다면. 분명 분해할 것이다.

더 이상 우쭐하게 될 것이 없으니 얼마나 속을 뜨겁게 달굴까?

분명히 그 계집아이는 눈이 뒤집힐 것이다. 그다음에는……

야화는 키득키득 웃음소리를 냈다.

백현은 그 웃음의 의미를 이해할 수 없었다. 그가 고개를 갸웃거리며 자신을 쳐다보자, 야화는 손을 휘휘 저으며 고개를 옆으로 돌렸다.

비죽이 올라간 입꼬리가 심술궂었다.

그리고 귀는 발갛게 달아올랐다.

'그 계집아이가 먼저 해버린다면, 본녀도 더 부끄러워하지 않아도 되겠지.'

으레 처음이 제일 어려운 법이다. 정말 지고 싶지 않다면, 차라리 지금 해버리면 되는 것 아닌가?

문득 든 생각에 야화는 힐긋 시선을 돌려 백현을 쳐다보았다.

이쪽을 빤히 보는 백현의 눈을 보았다. 그러자 가슴이 울렁거렸다. 인두로 지진 것처럼 귀가 뜨겁다. 야화는 다시 눈을 돌렸다.

"망측해라."

방금 전만 해도 굉장히 용기를 낸 것이다. 지금은 그 여파로 부끄러워서 죽어버리고 싶었다.

아니면 죽여 버리던가. 후자는 안 될 테지 스스로 죽어야 할 텐데, 그렇다고 죽고 싶지는 않았다.

'절대 할 수 없지.'

그 어려운 처음이라는 것은 야화에게도 똑같이 어렵다. 부끄럽고 망측하니, 하고 싶어도 하지 않는다.

이건 패배가 아니다. 연장자로서 겸허한 마음으로 양보할 뿐이다. 그 계집아이가 먼저 해버린다면 야화도 용기를, 아니, 용기가 아니라. 지고 싶지 않으니 어쩔 수 없다, 는 마음으로 할 수 있으리라.

"그대가 먼저 온다면 이렇게 돌아올 필요도 없겠지만."

"무슨 소리야?"

"됐소. 소귀에 경을 읽고 가르치는 것이 더 빠를 것이오."

야화는 그렇게 중얼거리며 몸을 일으켰다.

화났다. 아니, 삐졌나? 백현은 떨떠름한 얼굴로 야화를 쳐다보았다.

일어선 야화는 허리를 두드리면서 자기 몸을 내려 보았다. 비늘의 절반 이상이 사라져 버렸다.

"……더 단단하게 자라나겠지."

그게 아쉽거나, 아깝다는 생각은 하지 않는다. 이제는 얼마든지 다음이 있기 때문이다.

야화는 주변을 쓱 둘러보았다.

용곡.

이제는 아무것도 없으니 용곡이라 할 수도 없다.

"아주 황량해졌구려."

"그게 싫어?"

"싫소."

야화는 방긋 웃었다.

"이곳은 본녀가 그대를 처음으로 의식한 곳이오. 그리고 한 번 죽을 뻔한 장소이기도 하오. 또, 본녀가…… 마룡왕이니 야화니, 그런 허울을 떠나서 진정 내가 된 장소이며, 그대의 것이 되어버린 곳이지."

야화가 양팔을 펼쳤다. 그녀는 기분 좋은 웃음을 지으며 크게 숨을 마셨다.

"이 장소에 꽃을 피워줄 수 있겠소?"

"……꽃?"

"꽃도 좋고, 갈대도 좋소. 숲도…… 괜찮을 것 같소."

본래 야화는 숲을 싫어했다. 그래서 신비경을 불태웠다.

하지만 지금은, 좋아한다. 신비경에서의 끔찍한 기억은 신비경을 불태움으로써 즐거운 추억으로 바뀌었다.

"본녀에게 큰 의미가 있는 이 장소를. 이 세상에서 가장 아름다운 풍경으로 만들어주시오."

백현은 야화의 미소에 빙긋 웃었다. 그는 천천히 손을 움직였다. 황량한 세계가 요동친다.

백현의 신력이 이 세상의 풍경을 바꾸었다. 절대로 파괴되지 않을 나무가 자라나고 수많은 꽃이 피어났다. 흙먼지의 탁한 냄새가 어느덧 산뜻한 숲의 냄새에 뒤덮인다.

가지각색의 꽃들이 흘리는 향기가 어우러졌다.

야화의 몸이 뒤로 넘어갔다. 그녀는 수북한 꽃밭에 누워 하늘을 보았다. 뿌연 하늘이 지금도 맑게 보인다.

야화는 웃으며 눈을 감았다. 이 장소. 방금 어비스에서 태어난 이 꽃밭과 숨을 어찌 불러야 할지는 정하지 않았다. 하지만 야화는 이 장소를 사랑하게 되었다.

"조금만."

백현의 야화의 곁에 털썩 앉았다. 흔들리는 꽃잎들이 아름답게 보였다. 완전히 탈각한 그녀는 어비스의 신격이자, 백현의 권속이 될 것이다. 그때가 되면 이곳은 야화의 영지가 될 것이다.

"쉬다 갑시다. 아주 조금만."

"얼마든지 있어도 돼."

"너무 늦으면 그 계집아이가 화를 낼 거요."

"그건 그렇지."

백현은 낄낄 웃었다. 그는 가까운 꽃의 머리를 손가락으로 어루만지며 말했다.

"사라를 미워하지 말아줘."

"하하! 그대는 실없는 소리를 하는군. 본녀는 그 계집아이를 미워할 이유가 없소."

야화는 소리 내어 웃으면서 허리춤의 칼자루를 뽑았다. 실제하지 않는 검무희의 시선을 느낀다.

야화는 숨죽여 웃었다.

[진심으로 즐거워하고 있군요. 마룡왕.]

'그리 부르지 마시오.'

야화는 칼자루를 가슴 위에 올려두며 웃었다.

'본녀의 이름은 마룡왕이 아니라, 야화라오.'

그 말에 검무희도 함께 웃었다.

7장
확실히

대놓고 말은 하지 않았지만, 분위기가 바뀌었다는 것은 바보라도 눈치챌 수 있을 정도였다.

가령 예를 들자면, 식탁에서 아주 자연스럽게 옆자리에 앉는다던가. 널찍한 소파에서 함께 TV 프로나 드라마, 영화 따위를 볼 때도 은근히 엉덩이를 붙여 앉는다던가.

그나마 다행인 것은 부엌의 사각형 식탁과는 다르게 소파는 넓어서, 사이좋게 양옆을 차지할 수 있다는 것이다. 덕분에 사라는 부엌의 식탁을 원형 식탁으로 바꿀지를 진지하게 고민하고 있었다.

그렇다. 셋은 함께 살고 있었다. 한국에 와서도 거처 없이 떠돌던 야화는 그 날 이후로 당연하다는 듯이 백현과 사라의 집에 들어와서 살았다.

당연히, 사라는 그게 참 마음에 들지는 않았다. 하지만 마냥 질투하기보다는 아량을 베푸는 느낌으로 내버려 둘 생각이었다.

그것은 사실상 백현과 야화의 관계에 대한 암묵적인 묵인이었다.

하지만 역시, 마음에는 들지 않는다.

"저건 춤이오?"

지금도 마찬가지였다. 저녁 식사를 끝낸 셋은 한 소파에 앉아서 영화를 보고 있었다.

셋의 영화 취향은 극명하게 갈린다. 사라는 감성적인 멜로나 로맨스 코미디 영화를 좋아했다. 백현은 꽝꽝 터지는 할리우드 영화나 액션 영화, 아주까지는 아니어도 중국 무협 영화도 좋아한다. 전쟁 영화? 말할 것도 없다.

그리고 야화는. 느와르 영화를 선호했다. 특히 한국 조폭 영화들. 거기에 고전 명작으로 꼽히는 옛날 영화들. 안 어울리게 사이버 펑크나 우주 영화도 좋아했다.

"무술이야."

"무술? 저게? 그대는 정녕 저것이 무술로 보이는 것이오?"

"아니."

"그런데 왜 무술이라고 하오? 저걸 무술로 인정한다는 것은 그대가 자처한 무신이란 신명에 스스로 먹칠을 하는 것이라 생각하진 않소?"

야화가 신랄한 목소리로 쏘아붙였다.

과연 그 말대로다. 사라는 고개를 끄덕거렸다.

헌터의 시대가 된 후로 영화에서 CG의 비중은 압도적으로 줄어들었다. 와이어도 거의 쓰지 않는다. 쾅쾅 터지는 폭발이나 특수 효과는 화약을 설치하거나 CG를 떡칠하는 것보다 진짜 마법사를 쓰는 것이 값도 싸고 훨씬 더 리얼했다.

하지만 그 시절의 정취라는 것이 있지 않은가. 헌터의 시대는 그 역사가 고작해야 십 년도 되지 않지만, 격변은 몇 년 전을 금세 낯선 과거로 만들어 버렸다.

사라는 그 시절의 영화도 싫어하지는 않았다. 자세히 보면 영 어색한 CG들도 나름의 맛이 있다고 생각했다.

하지만 저건 영 아니다. 이해하기에는 너무나 먼 과거의 것이다. 사라는 영화를 보는 둥 마는 둥 하면서 팝콘을 씹었다.

"그래도 재밌잖아."

"재미없소."

야화가 즉시 반박했고, 사라는 고개를 끄덕거리며 동의했다. 백현이 고른 영화는 듣도 보도 못한 몇십 년 전의 무협 영화였다.

CG랄 것도 없고 와이어는 티가 난다. 무술이랍시고 휘두르는 손짓은 사람 하나 죽이지 못할 버둥거림에 지나지 않는데, 그렇게 팔을 휘두를 때마다 빵, 빵 하는 폭약 소리가 난다.

"소리가 동작과 맞지 않소."

야화가 쏘아붙였다.

"그리고 왜 팔을 휘두르는데 연기가 나는 것이오?"

"너도 입에서 불을 뿜잖아. 쟤는 손으로 얼음도 만들고."

"나도 불 뿜을 수 있어."

"그래, 좋겠다. 나는 불 못 뿜어. 대신 전기 비슷한 거 튀길 수는 있다고. 어쩌면 연기도 만들 수 있을지도 모르고."

시험 삼아 해볼까.

백현은 손을 들었다. 희뿌연 연기가 몽실거리며 피어났다.

백현은 보란 드시 야화를 돌아보았다. 야화가 한심하기 짝이 없다는 표정으로 백현을 보고 있었다.

"그렇게까지 하고 싶소?"

"……."

"저 인물의 동작은 아무런 의미도 갖고 있지 않소. 스스로 무를 펼친다는 자각도 없고. 저 눈을 보시오."

뻥! 장풍이 싸구려 폭약 소리를 터뜨리며 연기를 뿜었다. 맞은 적이 꼴사나운 비명을 지르며 나뒹군다.

"저 눈이 평생의 원수를 죽인 눈이란 말이오? 천하제일이자 거악이라 꼽히던 적수의 죽음이 뭐 저리 꼴사납소? 한심하기 짝이 없는 영화요."

"구하기 얼마나 힘들었는지 알……."

"구하기 힘들었다는 건 그만큼 인기가 없었다는 뜻이겠지. 그럴 만도 하오. 이전에 그대가 보여주었던 영화들이 차라리 나았소. 그대는 진심으로 저것이 재미있다고 생각하오?"

"재미를 떠나서……."

"재미는 없었다는 말이로군. 그대의 식성이 별난 것은 알았지만 이렇게 뭐든지 주워 먹으면 돼지와 다를 것이 무어가 있소?"

"돼지는 똑똑하대."

사라가 중얼거렸다. 야화는 눈을 찡그리며 그녀를 쏘아보았다.

"돼지가 똑똑한 것은 관계없소. 본녀는 눈을 씻고 싶은 마음이오."

"안 돼! 다음은 나잖아. 어제 보던 드라마를……."

"그 유치한 것을 왜 계속 보자고 하는 것인지 모르겠소. 그대는 나이도 먹을 만큼 먹었으면서 왜 그런 유치한 영상물을 고집하는 것이오?"

"지는, 조폭 영화는 안 유치한 줄 알아?"

"사과하시오."

야화의 눈에 불이 켜졌다. 그 시선에 사라는 조금 찔끔했지만, 물러서지는 않았다. 오히려 해볼 테면 해보라는 듯이 전의를 불태웠다.

그 사이에 낀 백현은 조용히 리모컨을 잡았다. 확실히 재미는 없었다. 영화에 나오는 무술도 보잘것없었다.

야화의 말대로 참, 아니, 그보다도 못했다. 솔직히 재미도 없었다. 하지만 재미를 떠나서 볼 가치는 있었다.

백현이 무협 영화나 액션 영화를 좋아하는 것은 그곳에 사투가 있기 때문이다.

그래서 야화가 선호하는 느와르 영화도 백현은 좋아했다. 사라의 취향은 전혀 공감할 수 없었지만.

백현은 조용히 손을 들어 귀를 틀어막았다. 양옆에서 싸워 대는 목소리가 시끄러웠다.

둘은 아직도 서로의 취향을 타인에게 납득시키기 위해 떠들고 있었다. 백현은 TV를 끄고서 조용히 몸을 일으켰다. 그러자 사라와 야화가 홱 고개를 돌렸다.

"어디 가?"

"……똥 싸러."

"왜 직접적으로 말하는 것이오, 교양 없어 보이게."

"솔직하고 좋잖아. 난 저런 솔직함이 좋더라."

"본녀도 싫다고 하지는 않았소."

싸움의 주제가 바뀌었다. 사라와 야화가 다시 으르렁거렸고, 백현은 슬며시 거실을 빠져나왔다.

그리고 후다닥 화장실로 들어갔다. 당연히 똥이 마려워서는 아니었다.

백현은 문을 닫고 변기 위에 앉아 핸드폰을 꺼냈다. 기막을 펼쳐 바깥으로 소리가 새어나가지 않도록 하는 것도 잊지 않았다.

"어쩌다 이렇게 된 거야?"

사생활이 없다.

야화를 집에 들이고서 일주일이다. 사라와 과연 잘 지낼 수 있을까 걱정했는데, 걱정했던 사달은 일어나지 않았다.

둘은 의외로 균형이 맞는 느낌이었다. 야화가 사라를 괴롭히기는 하지만, 슬슬 사라도 한계인 것인지 반항이 늘었다.

그럴 때마다 야화는 슬쩍슬쩍 물러서 준다. 곁에서 보고 있으면 마냥 채찍을 휘두르는 것이 아니라 가끔씩 당근도 던져 주는 느낌이었다.

[그건 조련 아니냐?]

늘어놓은 푸념에 대해 어이없다는 푸념이 돌아왔다. 백현은 한숨을 푹 내쉬면서 뺨을 긁적거렸다. 백현도 그렇게 생각하기는 했다.

"그래도 잘 지내잖아."

[뭐…… 그런 식으로 친해질 수도 있는 거지. 네 얘기만 들어보면 마룡왕…….]

"야화."

[어우, 난 도저히 입에 안 붙는데. 어쨌든, 야화……. 야화 님? 야화 씨가 사라를 제법 마음에 들어 하는 것 같고.]

"그건 다행인데, 문제는 나야. 사생활이 없다고."

[네가 자초했으면서 왜 지랄이야?]

목소리가 신랄해졌다. 백현은 찔끔해서 어깨를 움츠렸다.

[사생활이 없어? 새꺄, 그럼 평생 혼자 살던가! 밥도 혼자 먹고 TV도 혼자 보고 잠도 혼자 자고…….]

"잠은 지금도 혼자 자는데?"

백현의 대답에 목소리가 뚝 멈췄다. 할 말을 잊은 것이다.

조금 뒤에, 가슴 깊은 곳에서 우러나온 한숨 소리가 들려왔다.

[미친 새끼. 사라랑 같이 산 지가 언제인데……. 거기에 한 명 더 들였으면서, 그런데 아직도 혼자 자?]

"같이 자야 할 이유가 없……."

[없기는 왜 없어? 좋으면 같이 잘 수도 있는 거지. 정신 연령이 몇인데……. 요즘은 세상이 조숙해서 초딩도 알 건 다 알아.]

"우리 때도 알 건 다 알았을걸?"

[그래, 미친놈아. 다 아는 세상이라고. 그래서 뭐야? 사생활이 없으니까 다 집어치우고 혼자 틀어박히고 싶다고?]

"아니, 그 정도는 아니고."

[그럼 염장 지르려고 전화했냐?]

목소리가 으르렁거렸다.

백현은 고개를 저으면서 킬킬 웃었다.

"그냥 전화하고 싶어서. 이런 얘기 할 상대도 마땅히 없고."

이런 얘기, 라. 털어놓을 상대로 떠올릴 인물은 제법 있었다. 하지만 샤나크에게 털어놔 봤자 신경도 쓰지 않고 음악 얘기나 할 것이고, 악몽의 결정자는 재미있다는 듯이 웃어댈 것이다. 무령은 아무래도 이런 이야기는 영 젬병일 것 같다. 라이 룽도 마찬가지였다.

정수아? 그녀라면 제법 공감해 주겠지만, 가재는 게 편이라고 사라 편을 들 것이다. 재생의 뱀은 둘 다 먹으면 되지 않느냐 말할 것이고, 발렌시아나 비서는 백현을 들들 볶을 것이 뻔했다.

흑장미여왕은······.

'어려워······.'

솔직한 심정이었다.

[네가 바라던 것 아니었어?]

목소리가 물었다.

[예전에야 혼자가 편하다느니 굴었지만, 지금은 아니잖아. 넌 혼자 두면 자기 ×대로 하다가 미쳐 버릴 놈이야. 안 그래?]

"그렇기는 해."

[보나 마나 뻔하지. 무늬 뭐니, 그걸 잔뜩 생각하고 혼자 수행하다가······. 욕구 불만이 되어버릴걸. 그럴 바에는 딴생각 못 하게 좀 시달리는 편이 나아. 넌 인격 장애라고.]

"내 주변도 다를 것은 없는 것 같은데."

[원래 끼리끼리 노는 법이지. 미친놈 주변에는 미친놈이 모이는 것이 당연한 거 아니겠냐. 특히 넌 독보적으로 미쳐 있으

니 미친놈들이 더 모여들지. 넌 미친놈들의 스타라고.]

그 이죽거림에 반박할 말이 떠오르지 않았다. 백현은 쩝 입맛을 다셨다.

[그래도, 미친놈 혼자보다는 여럿이 모인 것이 덜 외로울 것 아냐. 안 그래? 말은 사생활이 없다고 징징거리는데, 사실은 즐기고 있는 것 아냐?]

"아니, 사생활이 없는 건 진짜인데. 보고 싶은 것도 마음대로 못 보고."

[야, 원래 세상일이 그런 법이야. 하고 싶은 것 다 하고 사는 놈이 어디 있어? 다 알게 모르게 참고, 양보하고, 그렇게 사는 거라고. 물론 너야 × 까라 마이웨이할 수 있는 힘도 있는 놈이지만, 그렇게 하고 싶은 것 다 하고 살면 금세 질려 버릴걸?]

확실히.

백현은 고개를 끄덕거렸다.

[때려치우고 싶으면 때려치우면 돼. 그런데 안 그러고 있잖아. 결국 몸은 솔직한 법이라고. 차라리 현실적인 고민을 하는 것이 어때?]

"지금 고민도 충분히 현실적인 고민 같은데."

[그런 것 말고. 보다 현실적인……. 사회 통념에 맞는 그런 고민 말이야.]

"그게 뭔데?"

[한국은 일부일처제잖아.]

목소리가 진지함을 담아서 낮게 깔렸다.

[사회 통념상 양다리는 쌍욕을 먹는 것이 당연하다고. 나도 쌍욕을 하고 싶을 정도인데.]

"이미 많이 했잖아."

[해도 해도 부족하다. 사라에 야화…… 씨에. 하나만 해도 너한테는 과분해 넘치잖아.]

"내가 그렇게 못나지는 않은 것 같은데……."

[세상 모든 남자는 많건 적건 간에 나르시즘을 가지고 있지. 특히 화장실 거울 앞에서. 그런데 객관적으로 봐서 넌 나보다 못생겼다고.]

"내가 너보다 세잖아."

[미친놈, 지금이 뭔 석기 시대냐? 힘만 세면 장땡이야? 하긴 너라면 세상 모든 남자를 죽여 버리고 하나뿐인 남자가 될 수 도 있겠지.]

"마지막 남자가 되어서 뭐 해?"

[새끼 순진한 척하기는. 야, 어쨌든 말이야. 한국은 양다리 도 안 되고 일부다처제도 안 된다고.]

"그건 좀 곤란하네."

힐난하는 목소리가 하도 진지해서, 백현도 조금은 진지해졌다. 그 중얼거림에 목소리가 의외라는 듯 헛웃음을 흘렸다.

[결혼 생각은 있나 보다?]

"어, 음. 없지는 않지."

[그 어디냐……. 중동 쪽은 일부다처제도 된다더라.]

"이민 가라고?"

[싫으면 네가 한국 대통령해. 아니면 대통령이나 국회랑 쇼부를 보던가. 네가 작정하고 부탁…… 아니, 협박하면 걔들이 싫다고 하겠어? 네가 어비스의 주인이라는 건 몰라도, 네가 존나 세다는 건 알 텐데.]

"그건 좀 추하지 않냐. 사리사욕 때문에 법까지 바꾸라고?"

[추하기는 무슨. 잘난 대한민국이 너 모르게 네 이름을 얼마나 팔아대는지 알아?]

지금이 무슨 석기 시대냐고 이죽거리기는 했지만, 크게 다를 것도 없었다. 특히 몬스터가 튀어나오는 지금 같은 세상에서는 결국 힘을 가지고 있어야 대우받는다.

[그것도 싫으면 어비스 가서 결혼해. 거긴 네 세상이니까 네 맘대로잖아.]

"아직은 결혼까지는……."

[생각은 있다며?]

"그래도 당장 결혼하는 건 조금 그렇지. 키스밖에 안 했는데."

[혼전 순결은 싫은가 보군, 응큼한 새끼.]

"한국은 언제 올 거냐?"

백현은 피식 웃으면서 물었다.

[몰라. 가고 싶으면 가겠지.]

"왜? 늦바람에 자아를 찾는 여행이라도 하고 싶어졌어?"

[비슷하지. 똑같지는 않지만. 그리고 말한 건 너잖아.]

'자원봉사라도 다니던가.'

서민식이 큭큭 웃었다.

"생각보다 할 만해."

서민식은 쭉 몸을 일으켰다.

지금 그는 한국과는 까마득한 거리가 있는 아프리카에 와 있었다.

세상이 어비스와 뒤섞였다고 해서 모든 것이 변한 것은 아니다. 여전히 이곳은 밀렵이 성행한다. 몬스터의 사체만큼은 아니지만 코끼리의 상아나 맹수의 가죽 따위는 여전히 수요가 있다.

"전쟁은 드물어졌지만. 사람의 욕심이 그대로거든."

어비스 군주의 절반 이상이 사라졌다.

그건 세상 절반의 헌터들이 힘을 잃었다는 뜻과 똑같다. 평범한 사람이 되어버린 헌터들은 다시 힘을 바라서 어비스로 들어가고, 새로이 계약을 이루었다.

하지만 지녔던 힘을 온전히 회복하지는 못했다. 그 약함은, 헌터의 시대가 열리며 창고에 틀어박히게 된 구시대의 무기들을 꺼내게 만들었다.

선진국보다는 빈국이 치안이 좋지 않은 것은 당연한 이치다. 이곳은 밀렵뿐만이 아니라 다양한 범죄의 온상이다. 범죄는 통제되지 않고, 공권력은 부패되었다.

[외롭지는 않냐?]

백현이 물었다.

서민식은 고개를 저었다. 이런 류의 자원봉사 활동은 여럿이서 함께하게 마련이지만, 서민식은 아니었다.

어쩔 수 없었다. 그가 하는 것은 일반적으로 자원봉사 활동과는 판이하게 달랐다. 하지만 본질은 다르지 않을 것이다.

서민식은 고개를 돌려 뒤를 보았다. 자그마한 원주민 부족의 마을이 보였다.

"안 외로워."

당연한 말이지만, 서민식은 저들의 언어를 알지 못한다. 대화는 아티펙트를 쓰고 있다.

저들과의 대화가 외로움을 느끼지 않게 하는 것은 아니었지만.

서민식은 피식 웃었다. 멀리서 부릉거리는 소리가 들려온다.

서민식은 다시 고개를 돌렸다. 붉은 황야 너머에서 뿌연 먼지가 부풀고 있었다.

"현아."

아직 말하지도 않았는데 낯이 간지러웠다. 괜히 시선을 위로 들어보았다. 햇빛이 빌어먹도록 따가웠다.

"고맙다."

일단은 말했다.

[뭐?]

전화기에서 곧바로 반문이 돌아왔다. 듣지 않았다. 서민식은 재빨리 전화를 끊어 버렸다.

전화가 된다는 것이 용하게 느껴졌다.

고맙다는 말. 진심이었다.

사실 고맙다고 말하는 것이 이번이 처음인 것도 아니었다. 이미 몇 번이나 고맙다고 말했다.

하지만 감사의 말이라는 것은 참 이상하게 해도 해도 적응이 되지 않았다. 오히려 할 때마다 낯간지러워진다.

아무리 많이 해도 부족하다는 것을 스스로가 잘 알고 있기 때문이리라.

서민식은 옆을 힐긋 보았다.

"난 그 녀석이 싫어."

웅얼거리는 목소리는 어린아이의 것이었다. 그의 곁에는 작은 키의 소녀가 입술을 삐죽거리고 있었다.

한때 군주들 사이에서 경원의 대상이었던 템페스트의 말로가 저 소녀였다.

백현에 의해 신격을 잃은 그녀는, 지니고 있던 거대한 힘도 대부분 잃어버렸다.

어쩔 수 없었다. 템페스트의 힘은 그녀 스스로도 통제할 수 없는 것이었고, 그 힘을 해소하는 목적으로 만들어낸 것이 템페스트의 권속, 정령들이다.

템페스트가 폭주하지 않고 존재하기 위해서는 그 넘치는 힘을 송두리째 뽑아버려야 했다.

'기적…… 일까.'

모든 것이 기적이다.

서민식과 템페스트가 이렇게 다시 만난 것도. 소멸해야 할 템페스트가 살아남게 된 것도. 그 모든 것들이 서로에게 기적이었다. 그리고 그 기적을 일으킨 것이 백현이다.

"너무 싫어하지 마. 내 친구잖아."

"꺼림칙해. 그때의 기분은 다시 떠올리고 싶지 않아."

템페스트가 중얼거렸다.

혼돈에 삼켜졌을 때의 기억은 생생하다. 다시는 눈을 뜨지 못할 줄 알았다. 이대로 죽어서……. 사라지게 될 것이라고 생각했다.

하지만 다시 눈을 뜰 수 있게 되었다.

천공성의 안에서 눈을 떴을 때.

스스로 고치를 찢고 나왔을 때.

템페스트가 처음으로 본 것은, 눈물을 줄줄 흘리는 서민식의 얼굴이었다.

"……조금은 고맙다고 생각해."

"직접 말하지 그래?"

"싫어."

템페스트가 즉답했다. 서민식은 피식 웃으면서 템페스트의 머리를 헤집었다.

신, 신이라……. 서민식은 지팡이를 꺼내 들었다. 기적을 일으키는 것이 신이라면, 백현이 바로 신일 것이다.

하지만 영 신앙심은 들지 않았다. 여자 둘을 끼고 배부른 고민을 하는 것이 신이라니. 뭔 놈의 신이 저리도 궁상맞단 말인가?

'……그리고 보니. 그리스 신화에서도 신은 여자를 밝혔던 것 같은데.'

이 경우는 백현이 밝히는 쪽은 아니지만.

서민식은 실없는 생각을 하면서 템페스트와 함께 걸었다.

폭도들이 보였다. 밀렵꾼이고, 강도인 놈들이다. 나서서 이곳에 왔다. 저들이 옳지 않아서, 바로잡아야 해서. 그런 거창한 이유는 아니었다.

결국 자기만족일 뿐이다. 서민식은 마고의 제자인 핀이 아니다. 핀이 저지른 죄를 짊어질 필요가 없다.

끝내 폭주해 버린 템페스트가 국가 하나를 지워 버렸지만, 그 죄를. 서민식이 짊어질 이유는 없다.

그렇다고 해도, 아예 잊어버릴 수는 없었다. 떠올려 버린 기억은 튀어나온 못처럼 거슬리고, 가끔 서민식을 푹푹 찌른다.

그게 싫다. 그러니 자기만족인 것이다. 이미 저질러 버린, 되돌릴 수 없는 과거는 어찌할 수 없었다.

그래서 이렇게 하는 것이다. 백현의 말대로다. 도저히 떨쳐낼 수 없으니, 자원봉사나 열심히 하는 것뿐이다.

"넌 너무 착해."

템페스트가 중얼거렸다. 다르다고는 해도 저 선의는 핀과 똑같다. 템페스트는 고개를 돌려 서민식을 쳐다보았다.

서민식은 피식 웃으면서 지팡이를 들어 올렸다. 템페스트가 신격이 아니게 되었고, 그녀와 계약한 모든 헌터가 힘을 잃었다.

하지만 서민식은 예외다. 더 이상 그는 헌터도, 템페스트의 사도도 아니었다. 핀의 기억을 가진 그는 진짜 마법이 무엇인지 안다.

예전처럼 정령을 다룰 수는 없지만, 상관없었다. 그의 곁에는 신격에서 호문쿨루스로 격하된 템페스트가 있었다.

"난 착한 게 싫어. 매사 손해만 보는 것 같아."

"싫으면 나빠지면 되잖아."

"그게 안 되니까 내가 이러고 있는 거지."

서민식은 쓰게 웃었다. 그 웃음을 빤히 보던 템페스트가 풋하고 웃었다. 그녀는 킥킥거리면서 어깨를 들썩거렸다. 서민식은 헛기침을 하며 고개를 돌렸다.

"······그래서 착하다는 거야."

처음 보았을 때.

그 순간에 바로 알아보지는 못했다. 인간, 너무 많아 지긋지긋한 인간 중 하나였을 뿐이다. 하지만 템페스트는 그 만남을 잊을 수 없었다. 서민식이 처음 어비스에 들어왔을 때. 모든 인간이 하던 튜토리얼을 진행했을 때. 그때의 서민식은 빈말로도 뛰어나다고 할 수는 없었다.

생전 처음 마주하는 몬스터들을 상대로, 인간을 얼어붙는다. 잘 싸우지도 못한다. 서민식도 다른 인간들과 다를 것 없었다. 하지만 친구를 구해야 한다고. 그렇게 중얼거리면서 마음을 다잡고 뛰어들었다. 제 팔다리가 뜯기는 중에도 악을 쓰며 몬스터를 죽이려 들었다. 그 독기에 찬 모습에 꽤 많은 군주가 서민식에게 계약을 권했다.

템페스트도 그중 하나였다. 자신에게 권해온 많은 계약 중, 서민식은 템페스트를 선택했다.

그렇게 만났다. 템페스트는 서민식을 알게 되었다. 왜 그가 그토록 필사적이었는지, 알게 되었다.

식물인간이 되어버린 친구. 생명을 유지시키는 것에만 어마어마한 돈이 필요하다. 그냥 무시하고, 버리면 될 텐데. 서민식은 그러지 않았다.

그 이후로도 쭉. 호센이 죽었을 때. 서민식의 죄의식을 느낄 이유는 없었다. 하지만 그는 죄의식을 느꼈다.

호센이 죽어 남긴 딸을 타국으로 건너가 보살폈다. 지금도 마찬가지였다. 서민식은 꾸준히 호센의 딸인 미하루를 후원하고, 그녀를 보호하고 있었다.

그리고 지금도.

"네가 착해서……. 조금은 무서워."

템페스트가 중얼거렸다.

"마고와는 달라."

서민식이 대답했다.

"……관종이라는 것은 마고랑 닮았을지도 모르지만. 난 인스타 좋아요면 충분해."

물론 팔로워 숫자도.

"핀과도 달라."

높이 든 지팡이가 바람을 일으킨다.

템페스트는 숨을 삼키면서 천천히 떠올랐다. 쿠룽거리는 소리와 함께 먹구름이 몰려왔다.

템페스트는 하늘에 뜬 템페스트를 올려 보았다. 그녀는 서민식이 일으키는 마법의 중심에서 힘을 보태고 있었다.

"마고는 주변에 말려줄 놈이라곤 도끼로 스승을 내리찍을 미친놈밖에 없었지."

서민식이 지팡이를 앞으로 내밀었다.

"핀은 정도를 몰랐어. 옳지 않다고, 그것만으로 스승을 도끼로 찍어 죽여 버렸지. 자기도 죽어버렸고."

나는.

서민식은 피식 웃었다.

"그렇게까지 완고하지 않아. 핀처럼 살지 않았으니까. 내가 병신 짓을 하면 주변에 있는 미친놈은 핀처럼 도끼를 내리찍는 것보다는 내 따귀를 갈겨 정신을 차리게 해줄 놈이야."

어찌 보면 핀의 도끼질보다 백현의 따귀가 더 아프고 무서웠다.

"하지만 무서워. 어쩌면, 마고처럼…… 사람들은 네가 일으키는 기적을 갈망하게 될지도 몰라."

"안 그래."

비가 쏟아지기 시작했다. 피어오르는 흙먼지들이 푹 꺼진다. 폭도들이 몰던 지프 차량이 멈췄다.

우기도 아닌데 쏟아지는 폭우에 그들이 놀라 고개를 내민다. 서민식은 이쪽을 보는 폭도들을 향해 손을 흔들었다.

"이 세상에는 나보다 잘난 놈들이 더 많잖아."

서민식은 지팡이를 앞으로 뻗었다. 바람과 비가 한곳에 뭉쳐 둥그런 구체가 되었다.

"나 따위랑 비교도 안 되는 진짜 신도 있고."

"복제는 어때?"

끼릭거리는 금속음은 거슬리지 않았다. 아이언메이드의 성역인 은화산에서 저 소리는 일상이다.

[웃으라고 하는 말이지?]

들리는 대답에 발렌시아는 헛웃음을 흘렸다. 그녀는 고개를 가로저으면서 대답했다.

"아니, 진짜로 하는 말인데. 요는 이거잖아. 상대해야 할 건 둘인데 넌 하나. 하나라서 시달리게 되고, 사생활이 없다. 그렇지?"

배부른 고민이군. 발렌시아도 서민식과 다를 것 없이 그런 생각을 떠올렸다.

"꽤 합리적인 해결안 아니야? 솔로몬의 재판은 알지?"

한 아이를 두고 두 명의 여자가 자기가 아이의 어머니라 주장했다. 솔로몬은 양쪽에서 아이의 팔을 잡아당겨 둘로 찢고, 하나씩 가지라고 말했다.

"진짜로 널 찢을 수는 없으니 말이야. 애초에 솔로몬의 판결은 그럴 목적으로 내린 것도 아니었고. 저 문제의 근본적인 원인은 아이가 하나고, 필요로 하는 여자는 둘이었다는 거야. 그걸 해결하는 가장 쉬운 방법은 하나가 아닌 둘이 되는 거지. 모두가 만족할 수 있도록 말이야."

발렌시아는 그렇게 말하면서 몸을 일으켰다. 그녀는 '조정'을 받고 있는 비서를 향해 다가갔다.

그녀는 평온한 얼굴로 잠들어 있었다. 그렇게 잠든 비서의 곁에 펄떡거리며 뛰는 심장이 있었다.

발렌시아는 천천히 그 심장을 향해 손을 뻗었다. 닿았고, 따뜻했다.

가짜가 아니다. 발렌시아가 직접 만든 이것은, 틀림없이 살아 있는 심장이었다.

발렌시아는 잠시 그것을 보다가 고개를 돌렸다. 평온한 얼굴로 잠들어 있는 비서의 얼굴을 한 번 본다. 그 아래에, 활짝 열려 있는 몸도.

그녀의 몸을 채우고 있던 톱니바퀴와 기계들은 모조리 제거했다. 그 빈자리를 장기로 대체했다. 심장과 마찬가지였다.

모두가 발렌시아가 직접 만든 것이다. 만들었지만 가짜가 아닌, 살아 있는 장기와 심장이다.

"아이언메이드라면 할 수 있을 거야."

난 불가능하겠지만.

발렌시아는 그렇게 중얼거리면서 마지막 남은 빈자리에 심장을 채워 넣었다.

키이잉!

심장이 넣어짐으로써 멈춰 있던 장기들이 빛을 발한다. 표면에 새겨 넣은 문자들이 술식을 만들었다.

"너, 아이언메이드한테 네 유전자를 줬잖아. 그렇지?"

아이언메이드와 그렇게 약속했다.

호문쿨루스를 창조하고 싶은 아이언메이드는, 백현에게서 템페스트의 머리카락을 받았다.

그리고 더. 마신과의 만남을 성사시켜 준 대가로 백현은 자신의 머리카락과 신력의 일부를 아이언메이드에게 제공해 주었다.

"아이언메이드가 너랑 똑같은 호문쿨루스를 만든다면 네가 둘이 되는 거니까, 그 기센 여자들도 널 들들 볶지 않겠지. 아니면 아예 둘을 새로 만드는 게 어때? 그럼 넌 굉장히 편해질걸."

[싫어.]

"그렇겠지. 그건 기분 나쁘잖아. '나'는 하나만 있는 거야."

발렌시아는 그렇게 중얼거리면서 쓰게 웃었다.

윤리에 맞지 않다, 섭리에 맞지 않다······. 유전자 공학이 아무리 발전해도 세상의 상식은 복제 인간이란 존재를 받아들이지 않는다.

"더 바라는 건 욕심이지."

어쩌면 미련이나, 후회. 발렌시아는 비서의 얼굴을 바라보았다.

호문쿨루스의 창조법.

아이언메이드는 벌써 그곳에 도달했다. 그리고 발렌시아도. 지금이라면……. 처음 아이언메이드와 계약하면서 간절하게 바랐던 대로. 죽은 동생을 되살릴 수 있다.

"싫으면 네가 고생하는 수밖에 없지."

[아이언메이드는?]

"여전히 은화산의 공방에 틀어박혀 있지. 야, 그런데. 너 그때……. 아이언메이드랑 무슨 이야기를 한 거야?"

발렌시아는 비서의 얼굴을 보다가 고개를 돌렸다.

그녀의 공방 한쪽 벽에. 커다란 가족사진이 걸려 있었다. 죽은 동생과 함께 찍은 사진이었다.

[비밀이야.]

보름 전. 백현은 아이언메이드와의 약속을 이행하기 위해 다시 은화산에 찾아왔다. 그는 발렌시아도 들어가 본 적이 없는 아이언메이드의 공방으로 들어갔다.

그곳에서 둘은 대체 무슨 이야기를 나누었을까.

"쓸데없이 비싸게 굴기는."

[떠들 만한 이야기도 아니거든.]

"됐어, 그럼. 열심히 고생이나 해. 끊는다."

뚝.

발렌시아는 아티펙트의 통신을 끊고 비서의 얼굴을 내려 보았다.

욕심, 미련, 후회. 백현에게 한 모든 이야기는 결국 그녀 자신에게 하는 것이었다.

발렌시아는 긴 한숨을 내쉬었다.

동생이 죽고서 몇 년이나 지났던가.

그녀는, 퓨어세인트가 만든 망령수를 떠올렸다. 죽어도……. 정녕 죽지 못하고, 떠돌던 망령들. 죽음 뒤에 겪을 수 있는 최악의 지옥이 바로 그곳에 있었다.

동생은. 이미 명계란 곳에도 없을 것이다. 이미 진즉에 윤회해서 새로이 태어났겠지.

물론 지금의 발렌시아에게 혼은 중요하지 않다. 몸도, 혼도, 그냥 만들어 버리면 된다.

그러기 위해 천공성의 현자의 돌을 탐했고, 호문쿨루스를 만들고자 하지 않았나.

"……."

아직은 동생에 대한 미련을 완전히 떨쳐내지 못했다. 다시 만나고 싶다. 그런 생각도 있다. 하지만 다시 만날 수 없겠지.

발렌시아는 피식 웃었다.

직접 만들어 버린다고 해서 그것이 죽은 동생과 똑같을까.

똑같은 얼굴, 똑같은 몸. 만들 수 있다. 하지만 기억은 일방적이게 된다. 발렌시아는 죽은 동생이 어떤 기억을 쌓았는지 모른다.

어떤 생각을 하고 있었는지 모른다. 다시 만들어 버린다면, 철저하게 발렌시아의 입장에서 기억과 인격을 형성할 수밖에 없다.

"죽은 사람은 다시 만들 수 없어."

발렌시아는 그렇게 중얼거리면서 비서의 몸을 닫았다. 펄떡이며 뛰는 심장이 비서를 호흡하게 만들었다.

발렌시아는 의자에 앉아서 담배를 물었다. 동생을 되살리고 싶어서 비서를 만들었다. 정작 만들어 버린 것은 동생이 아닌 전혀 다른 존재였다. 한동안 저 존재를 동생의 이름으로 부르고, 동생이라 생각했다.

멍청한 일이었다. 저건 죽은 동생이 아니었다.

비서가 몸을 일으켰다. 그녀는 멀뚱히 눈을 깜박거리며 발렌시아를 쳐다보았다.

잠시 발렌시아의 얼굴을 보던 비서는, 자신의 몸을 내려 보았다. 심장 소리가 들렸다. 몸을 도는 피도 느껴졌다.

모두가 만들어진 것이다. 이 몸뚱이는 이전의 기계 장치로 이뤄진 몸보다 강했다. 당연한 일 아닌가. 아이언메이드가 도달한 창조마법의 정수가 비서의 몸 안에 있었다.

'……얼굴……'

비서는 자신의 얼굴을 어루만져보았다. 그대로였다. 아무것도 바뀌지 않았다. 눕기 전, 장난처럼 말했다. 아직도 동생을 원한다면 이 얼굴이라도 뜯어고치시라고.

장난처럼 말은 했지만, 사실은 두려웠다. 바뀌는 것이 얼굴뿐이 아닐 것 같아서. 지금의 발렌시아에겐 비서의 근본을 바꿀 만한 권능이 있었다.

"안 고쳤어."

발렌시아가 피식 웃었다.

"잘 생각해 봤는데, 넌 그대로가 좋은 것 같아."

"지금 얼굴이 더 나으니까요."

비서가 풋 웃으며 대답했다. 발렌시아는 큭큭 웃으면서 물고 있던 담배를 손끝으로 튕겼다.

"넌 내 딸인가?"

"뭔 헛소리에요?"

멍하니 묻는 질문에 비서가 배를 잡고 웃었다.

"밥이나 먹으러 가요, 마스터."

깡총거리며 내려온 비서가 발렌시아에게 손을 내밀었다.

8장
싫어하는

"줘봐."

까딱거리는 손짓에 입술이 삐죽 나온다. 이런 일에 대한 경험도 적었고, 그리 하고 싶지 않은 일이라 민망하고도 어색했다. 그건 피차 마찬가지일 것이다.

하지만 살아오며 쌓은 경험이 다르기 때문인가. 악몽의 결정자는 아무렇지도 않은 얼굴이었다.

여전히 그녀는 조그만 소녀의 모습을 하고 있었다. 그녀는 얇게 뜬 눈으로 아래를 내려 보다가, 다시 샤나크의 얼굴을 올려 보았다.

"넌 실물이 낫다."

악몽의 결정자는 킬킬 웃으면서 손톱을 세웠다.

하나로 붙어 있던 사진이 둘로 나누어졌다.

샤나크는 뚱한 표정을 지으며 악몽의 결정자가 건넨 사진을 받았다.

서울 거리 곳곳에 있는 사진 기계. 돈만 내면 일본의 스티커 사진만큼 과하지 않으면서도 여러 가지 보정과 색감, 그리고 '감성'을 담은 사진을 찍을 수 있다.

물론 샤나크는 이 사진에서 아무런 감성도 느낄 수가 없었다. 단지 민망할 뿐이었다.

사진 속의 샤나크는 악몽의 결정자의 손에 끌려져 휘청거리고 있었고, 표정은 꼴사나웠다.

"다시 찍지."

"뭐 하러? 난 이 사진이 좋은데."

악몽의 결정자가 히죽 웃었다. 그녀는 찢은 사진을 손가락으로 집어 들어 올렸다.

"나름 추억이라고 할 만하지 않아? 지금은 부끄러워도, 언젠가는 이 사진으로 먼 과거를 회상하면서 즐거워할 수 있을 거야."

"늙은이처럼 말하는군."

"늙은이처럼? 난 실제로 늙었어."

사라락!

악몽의 결정자가 들고 있던 사진이 어둠에 삼켜져 사라졌다.

"그리고 너도 나와 함께 늙어가겠지. 아주, 아주 오랜 시간을 거쳐서 말이야."

"쭉 이 세상에 있을 건가?"

악몽의 결정자가 킬킬거리며 웃었다. 얇게 뜬 눈으로 악몽의 결정자를 보던 샤나크가 낮은 목소리로 물었다.

악몽의 결정자는 다른 신격들과 입장이 다르다. 예전의 어비스에서도 그랬던 것처럼, 그녀는 원한다면 언제든지 이 세상을 떠나 자신의 '진짜' 영지로 돌아갈 수 있다.

"떠날 이유가 없잖아."

아직은.

악몽의 결정자는 그렇게 대답하면서 턱을 괴었다.

"혼돈의 폭주를 걱정할 것도 없고. 난 내 세상에서 너무 오래 살았어. 질렸다고."

어쩌면, 나중에는 떠나게 될지도 모른다. 어느 세상이건 간에 영원한 평화란 존재하지 않는다.

지금 당장 평화롭다고 해도, 내일 멸망할지도 모르는 것이 이 세상이다. 이 세상은 본질적으로 그 거대한 위험 요소를 내포하고 있다.

백현.

"놈은 완전하면서 불안스럽지. 놈이 가진 광기는 굉장히 이질적이야."

"제법 멀쩡해 보이던데."

"그래서 이질적이라는 거야."

악몽의 결정자가 피식 웃었다.

"곁에서 돌본다……. 웅. 그건 불가능하지."

"그때 도망칠 건가?"

"아니, 도망칠 이유가 없지."

악몽의 결정자가 당연하지 않으냔 투로 대답했다.

"녀석이 눈이 뒤집혀서 날뛰려 한다면, 그 파괴는 이 세상으로 끝나지 않을걸. 한참 부족할 테니까."

히죽거리는 웃음.

샤나크는 악몽의 결정자가 어떤 미래를 생각하고 있는지 어렵잖게 간파할 수 있었다. 그건 악몽의 결정자가 처음 어비스에 왔던 이유와 똑같다.

그녀는 혼돈의 근원이 아닌, 어비스에서 죽은 신격과 권속들에 욕심을 가지고 있었다.

하지만 아무리 욕심이 있다고 해도 위험을 감수할 정도인가? 위험이 위험이 아니게 된다면, 감수할 것도 없다.

악몽의 결정자의 웃음이 진해졌다.

앞으로 벌어질 수 있는 것 중에 최악의 상황이라 할 만한 것이 무얼까. 백현이 미치는 것? 마신의 꼬드김에 넘어가 진짜 마왕이 되어버리는 것? 그 어느 쪽이든, 이 세상에서 존재하는 신격들에게는 최악이라 할 만하다.

하지만 악몽의 결정자는 아니다.

오래전, 그녀는 백현과 계약했다. 흑장미여왕을 만나러 가는 중에 맺은 계약이다.

백현은 베일에 싸인 흑장미여왕의 진의를 의심하고 있었고, 흑장미여왕의 메시지를 전달해 온 악몽의 결정자가 자신을 배신하지 않을까 경계했다.

그래서 서로 약속했다. 악몽의 결정자는 흑장미여왕과 백현의 만남에서 무조건 백현을 돕는다. 그 대신, 백현은 샤나크가 먼저 배신하지 않는 한 샤나크를 죽이지 않는다.

'그때만 해도 이렇게까지 될 줄은 생각하지 않았는데.'

역시 투자는 저점에서 해야 하는 것이다. 그때 약속할 때만 해도, 탈각을 앞둔 존재와 영원토록 우호적인 계약을 맺는다는 것을 주점으로 두었다.

하지만 지금은 어떤가? 저 때 해둔 계약 덕에, 악몽의 결정자는 백현이 만들어낼 그 어떤 최악에서도 안전한, 백현의 우군이란 입장을 보장받게 되었다.

"떡상했군."

"뭐?"

"나 아무래도 이런 쪽에 재능이 있나 봐. 소일거리로 투자나 좀 해볼까."

악몽의 결정자가 킬킬거리며 웃었다. 물론 저 계약의 주체는 악몽의 결정자가 아닌 샤나크다.

달라지는 것은 없다. 샤나크는 악몽의 결정자와 함께 가늠할 수 없이 긴 영원을 함께 살아갈 것이다.

영원의 업을 견뎌내지 못한 샤나크가 미쳐 버린다고 해도.

악몽의 결정자는 애정이 듬뿍 담긴 눈으로 샤나크를 응시했다.

"한 백 년쯤 지나면 네 노래도 들어줄 만하게 될까?"

"지금도 충분히 들어줄 만하지 않나."

샤나크는 눈썹을 찡그리더니 아, 아 하고 목청을 가다듬었다. 악몽의 결정자는 자신도 모르게 손으로 귀를 틀어막았다.

"음악의 개념이 바뀌는 것이 더 빠를지도 모르겠어."

무슨 일에서인지 어비스에서는 몇 달 동안이나 몬스터가 나오지 않고 있었다.

그에 대해서 세상은 아주 많은 가설을 내놓았다. 퓨어세인트가 '희생'해서 어비스의 구멍을 막아버렸다는 것.

하지만 그 가설도 옛것이 되어버렸다.

퓨어세인트가 강림한 그 날. 세상 곳곳에서, 수많은 사람이 죽었다. 그들 모두가 퓨어세인트와 계약한 헌터들이었다.

퓨어세인트의 모든 신자가 죽지는 않았다. 퓨어세인트는 많은 헌터와 계약했고, 그만큼이나 생존자도 많았다.

조금씩, 조금씩.

그들은 누가 알려주지도 않았는데, 그 날의 진상에 대해 깨달아갔다. 퓨어세인트와 맺은 계약이란 연결 고리를 통해 넘어온, 퓨어세인트의 '신화'를 꿈꾸듯 보고, 떠올렸기 때문이다.

그들은 퓨어세인트가 결코 선량한 신이 아니라는 것을 깨달았다. 사후 세계인 퓨어세인트의 '천국'을 의지하고 있던 이들이, 천국 따위는 사실 존재하지 않고 그들이 믿어 의심치 않던 '구원'의 신이 세상 하나도 모자라 이 세상마저도 파괴하려는 악마라는 것을 알아버렸다.

다시 많은 사람이 죽었다. 사인은 자살이었다.

그렇다고 해서 세상은 멸망하지 않는다.

용성군은 죽고, 그와 계약한 수많은 헌터들이 일반인이 되어버렸다. 본래 중국은 용성군과 계약한 헌터의 수가 많았고, 중국은 그 광활한 영토만큼이나 많은 어비스를 가지고 있었기 때문에 헌터의 공백은 치명적이라 할 만했다.

다행인 것은 '시간'이 있다는 것이다. 어비스에서 몬스터가 나오지 않고서 벌써 몇 달이 지났다.

이 유예가 얼마나 이어질지는 누구도 알 수 없었다. 아무것도 모르는 주제에 있어 보이는 척 떠들어대는 자칭 전문가들만이 참신한 개소리를 늘어놓을 뿐이다.

중국의 괴이산.

한때, 이곳은 용성군의 사도인 라이 룽의 영지였다. 셀 수 없이 많은 요수가 살아가는, 현대의 신비경이라고 할 만한 장소였다.

그것도 옛말이다.

괴이산의 가장 높은 봉우리. 예전에 정신을 잃었다가 눈을 뜬, 라이 룽의 성. 백현은 오랜만에 이 장소에 와 있었다.

그는 뒷짐을 지고 서서 저 아래를 내려 보았다. 뿌연 구름 아래로 지상이 보인다.

본래 저 아래는 우거지고 울창한 숲이 있었지만, 지금은 탁 트인 평원이 되어 있었다.

그곳에 세기도 힘들 만큼 많은 사람이 몰려 있었다. 성별, 인종, 연령, 모든 것이 달랐다.

저들 모두가 '무령'의 권속이었다. 최근 몇 달 동안 무령은 어마어마하게 많은 권속과 새로이 계약을 맺었다.

저 많은 사람이 무령과의 계약에 응한 것은, 현재 어비스의 군주 중 무령이 가장 '친화적'이고 '파격적'인 조건을 내세웠기 때문이다.

그는 괴이산을 지구에서 자신의 성역으로 삼았다. 그리고 자신과 계약한 헌터 중 눈에 차는 이들을 괴이산으로 오게 해, 직접 지도하고 있었다.

"쓸 만한 녀석은 있나?"

"싹이라고 할 만한 수준은 있지. 네 눈에 차지는 않겠지만."

백현은 눈을 가늘게 떴다.

괜히 아래를 보고 있던 것은 아니다. 백현도 몇 명, 괜찮다 싶은 사람들을 골라두었다.

과연 세상은 넓었고, 사람은 많았다. 그 많은 사람 중에 특히나 우월한 재능을 가진 존재는 분명 있었다.

라이 룽도 그중 하나일 것이다. 그녀는 저 아래에서 무령의 권속들을 직접 지도하고 있었다.

처음 무령의 사도가 되었을 때만 해도 태가 잘 나지 않는데, 지금은 익숙해진 것인지 지도하는 모습이 그럴듯해 보였다.

"천무성…… 은 없더군."

등 뒤에서 무령의 목소리가 들렸다. 짐짓 아쉽다는 투였다.

"모든 세상에서도 흔하지 않은 자질이라고 했어. 아마 이 세상에는 나 말고 더 없을 거야. 어쩌면 전 세상에서 내가 마지막일지도 모르고."

백현은 그렇게 중얼거리며 고개를 돌렸다.

널찍한 테이블을 빙 둘러서. 신격들이 앉아 있었다. 악몽의 결정자와 흑장미여왕, 재생의 뱀, 아이언메이드, 무령.

백현은 아이언메이드 쪽을 힐긋 보았다.

놈은 여전히 은화산에 처박혀 나오지 않았고, 이 자리에 온 것은 사람과 흡사한 금속제의 골렘이었다.

"새삼 보니까 진짜 많이 줄었다."

"그중 절반을 죽인 놈이 무슨."

재생의 뱀이 투덜거렸다.

백현에게 패배하고 절치부심한 그녀가 사굴을 나선 지는 얼마 되지 않았다. 새로이 얻은 독단을 완전히 자신의 것으로 삼았고, 패배를 경험 삼아 보다 발전했다.

하지만 지금 다시 싸운다고 해서 이길 것 같지는 않았다. 당장 도전하고 싶은 마음도 없었다.

재생의 뱀은 아랫입술을 혀로 날름이며 백현을 뚫어져라 응시했다. 이럴 줄 알았다면 예전에 사굴에서 만났을 때 씨라도 받아둘 것을 그랬나. 새삼 그런 아쉬움이 느껴졌다.

"다음 달 정도면 되겠죠?"

백현이 입을 열었다.

오늘 신격들을 한곳에 모은 이유가 바로 이것 때문이었다.

어비스의 몬스터를 바깥으로 내보내지 않은 지 벌써 반년이 다 되어간다. 지금의 어비스는 예전처럼 불완전하지 않으니 바깥으로 혼돈을 배출할 이유가 없긴 했지만, 그래도 백현은 예전처럼 한 달마다 바깥에 몬스터를 내보낼 생각이었다. 평화에 찌들지 않게 하기 위해서였다.

"너무 이르지 않나?"

"도심지는 괜찮아. 하지만 오지를 커버하기는 인력이 부족하지."

"사도를 부려먹…… 아니, 그럴 필요도 없잖아. 그쪽만 안 내보낼 수는 없나요?"

흑장미여왕이 백현을 돌아보며 물었다.

난간에 걸터앉은 백현은 팔짱을 끼고 고개를 저었다.

"여긴 나오고 저긴 안 나오고, 그럼 이상하잖아요."

"그럼 차라리 몇 달 뒤로 미루는 건? 지금은 쓸 만한 헌터가 너무 적어."

악몽의 결정자가 의견을 냈다.

이번에도 백현은 고개를 가로저었다.

"반년 놀게 했으면 많이 놀았죠. 봐요, 몇 년 전은 어비스에서 한 달마다 몬스터가 나오니까, 사람들이 위기감 때문에라도 어비스를 드나들면서 힘을 키웠는데. 지금은 세상이 평화로워진 줄 알고 어비스에도 잘 안 들어가잖아."

"그 근본적인 원인은 관리국의 붕괴 때문이다."

골렘, 아이언메이드가 목소리를 냈다. 직접 오지 않은 아이언메이드를 향해 신격들이 시선을 째렸다.

하지만 정작 백현은 아무렇지 않아 했다. 아이언메이드가 오지 못한 이유에 무관하지 않았기 때문이다.

"일 년 전 만 해도 인간들은 사욕을 위해 어비스로 뛰어들고, 죽었다. 일확천금을 위해서였다. 하지만 관리국이 붕괴한 지금. 그들은 굳이 어비스로 들어가려 하지 않는다."

"보상책이 부족하다?"

"어비스에 대한 인식. 정부의 태도도 바뀌었다. 몬스터가 나오지 않기 때문이다. 어비스는 다시 경계의 대상이 되어야 하고, 관리국을 대신할 기구가 필요하다."

"악몽의 결정자님이 고생 좀 해주셔야겠네요."

상관없는 척 차를 홀짝거리던 악몽의 결정자가 화들짝 놀랐다. 그녀는 홱 고개를 돌려 백현을 쳐다보았다.

"나? 내가 왜!"

"어디서 모르는 척이셔. 악몽의 결정자님이 하이로드의 혼을 몰래 꿍쳐두고 있는 거, 내가 모를 줄 알았어요?"

백현이 히죽 웃으며 물었다. 그 말에 악몽의 결정자가 입술을 삐끔거렸다.

하이로드가 퓨어세인트에게 죽을 때, 악몽의 결정자도 그곳에 있었다.

그녀는 당연히 하이로드의 소멸을 마냥 내버려 두지 않았다. 소멸해 사라지는 혼을 붙잡고 자신의 영혼 창고 깊숙한 곳에 넣어두었다.

"……신격을 언데드로 살리는 것이 얼마나 힘든 줄 알아? 당장은 무리……."

"그럼 빙의시키면 되잖아요."

"누구? 나? 싫어. 그 덜떨어진 놈을……."

"아니, 말고. 걔 살아 있지 않나? 그, 하이로드의 사도였던 꼬맹이."

백현은 뺨을 긁적거리며 이름을 떠올리려 해보았다. 마빡을 몇 대 갈긴 건 기억나는데.

"해리 말입니까? 그는 위치엔드……. 리셀이 데리고 가서 정신 병동에 처박아놨습니다."

흑장미여왕이 대답했다.

"하이로드의 죽음으로 인격이 붕괴해 버렸거든요."

"그래도 리셀 님이 챙기긴 했나 보네요. 은근히 착하시다니까."

"차라리 위치엔드에게 복귀하라고 하는 건 어때? 말이 소멸이지, 위치엔드의 기억은 리셀에게 그대로 있잖아. 네가 도와주면 신격이 되진 못해도 관리국 정도는 운용할 수 있을걸?"

"은퇴하신 분 붙잡고 부탁하기도 좀 그렇고. 그냥 해리한테 하이로드의 혼을 빙의시키는 게 깔끔할 것 같은데요. 원래 하이로드의 사도였던 놈이니까."

"하이로드의 자아는 말살했는데? 남은 건 놈의 권능과 기억뿐이야."

"그게 낫죠, 살아 있을 때보다 덜 멍청할 테니까."

백현은 심드렁한 목소리로 대답했다. 악몽의 결정자가 헛웃음을 흘렸다.

"누가 흑마법사인지 모르겠군."

"아이언메이드의 말대로 관리국은 필요한 것 같으니까요."

"예전만큼 매끄럽지는 못할걸. 예전 관리국은 하이로드와 계약한 많은 헌터들로 유지되던 거야. 하이로드를 그 꼬마한 테 빙의시켜 봤자, 놈이 신격이 되는 건 아니라고."

"숫자가 적으면 늘리면 되지. 안 그래요?"

백현은 아이언메이드를 힐긋 보며 말했다. 악몽의 결정자가 고개를 절레절레 저었다.

"호문쿨루스를 양산하려고……? 세계가 미쳐 버리겠어. 이 세상에 마법적 금기 따위는 없는 거야?"

"그래서, 싫어요?"

"싫을 리가. 흑마법사는 금기를 어기고 싶어 안달이 난 미친 마법사들이라고. 좋아, 해. 하자고."

악몽의 결정자가 킬킬거리며 웃었다.

"관리국이 재건된다고 문제가 완전히 사라지는 것은 아닙니다."

흑장미여왕이 의견을 냈다.

"신격이 다섯밖에 남지 않았습니다. 반면에 사람은 너무 많아 요. 그들 전부를 권속으로 두는 것은 현실적으로 불가능합니다."

"잘 나눠서 해봐요."

"게을러 빠진 누구 덕에 다른 신격들이 고생하고 있죠."

흑장미여왕은 그렇게 말하며 재생의 뱀을 노려보았다.

예전부터 재생의 뱀은 휘하에 헌터를 많이 두지 않았다.

"네가 할 말이야?"

"전 최대한 수용하고 있습니다. 당신이 받아들이지 않는 만큼, 더."

"어중이떠중이를 권속으로 두어 무엇하느냐? 어차피 죽을 텐데."

"차라리 권속으로 두어 죽게 하시지요?"

"흥, 욕심나는 놈이 있으면 알아서 거둘 게야. 난 저 꼬마가 하는 것처럼 질보다 양으로 승부할 마음은 없다."

재생의 뱀이 무령을 가리키며 이죽거렸다. 그 말에 무령의 눈이 싸늘하게 식었다.

무령이 수많은 권속을 둔 이유. 근본적인 이유는 인재욕이 아니다. 권속의 신앙을 신력으로 삼기 위해서였다.

"그리 말씀하는 것치고는 질이 딱히 훌륭하진 않아 뵙니다만."

"지금 내 사도를 우습게 보는 게냐?"

"찔리십니까?"

"네 아비도 내 눈치를 봤거늘, 아직 제대로 익지도 않은 코흘리개 놈이……."

"그만, 그만."

백현은 난간에서 펄쩍 뛰어 내려왔다.

"머잖아서 야화도 탈각할 겁니다. 그때가 되면 야화도 권속을 들이라고 할 테니, 조금만 참아주세요."

"야화래, 야화. 들었어?"

"쉿, 너무 놀리지 마세요."

악몽의 결정자가 소곤거렸고, 흑장미여왕이 피식거리며 웃었다.

백현은 들으란 듯이 크흠 헛기침을 내뱉었다.

"재생의 뱀 님은 조금 눈을 낮춰서 권속을 늘려주세요."

"……어디까지 낮추라는 것인지 원."

"네가 권속을 받을 생각은 없나?"

"없어. 싫어. 귀찮아."

따박따박 끊어서 뱉은 대답에 무령의 얼굴이 찌푸려졌다.

"어쨌든. 일정대로 다음 달 말부터 다시 몬스터를 내보낼게요. 적당히 힘 조절은 할 테니까."

"시간이 너무 빠듯한 것 아냐? 한 달 안에 관리국을 재건하라고?"

"그때까지 재건 안 해도 상관없어요. 한 방 제대로 맞으면 사람들도 세상이 평화롭지 않구나 하고 정신 차리겠지."

"어떤 몬스터를 내보낼지는 정했고?"

"내가 싫어하는 거요."

백현은 심드렁한 표정을 지으며 빈자리에 앉았다.

그렇게, 다음 달 어비스에서 튀어나올 몬스터는 곤충형으로 결정되었다.

9장
길

어비스의 이면은 여전히 사람, 헌터가 들어올 수 없는 곳이다. 아무리 혼돈이 예전보다 줄고, 폭주의 위험이 적어졌다고 해도 이면의 혼돈을 필멸자가 감당할 수는 없다.

그 한복판에, 시커먼 성이 세워져 있었다.

자랑할 만큼 화려하고 잘 만든 성은 아니다. 어비스의 주인이 되었으니 뭔가 그럴듯해 보이는 상징물이 필요하지 않을까 싶어서 만들어보았을 뿐이다.

다른 신격들의 성역 한복판에 있는 성이나 저택이 꽤 멋져 보여서.

그렇다고 천공성을 어비스 안에 두자니 바깥에서의 생활이 불편해지니, 한 번 시험 삼아서 직접 만들어 보았다.

하지만 영 마음에 들지 않았다. 가뜩이나 없는 미의식이 건축에서 그럴듯하게 발휘될 리는 없었다. 그렇다고 깨부수고 다시 만들자니 이것보다 나은 것을 만들 자신도 없었다.

그래서 내버려 두고 있었다. 기분 삼아 만들어본 이 성은 만든 후로 쭉 비어 있었다.

지금의 백현에게 있어서 어비스는 고향처럼 편안하게 느껴지기는 했어도 바깥세상만큼은 아니었다.

당연히 어비스에서 생활하는 것보다는 바깥에서 생활하는 것이 낫다. 어비스의 인프라가 바깥만큼 발전한다면 또 모를 일이지만, 군이 지금 바깥을 등지고 어비스에서 생활할 이유는 없는 것이다.

백현은 성문을 향해 발길을 옮겼다. 그의 곁에는 사라가 잔뜩 긴장한 표정으로 달라붙어 있었다.

평소와 다를 것 없이 입은 백현과는 달리 사라는 한껏 꾸민 모습이었다. 잘 하지도 않던 화장도 했고, 저번에 백화점에서 야화가 골라준 옷도 입었다.

"너무 긴장하는 것 아냐?"

"어떻게 긴장을 안 해?"

사라가 홱 고개를 돌렸다. 그녀는 평소와 다를 것 없는 백현의 얼굴을 도저히 이해할 수가 없었다.

"막 긴장되고, 떨리고, 설레고 그러지 않아?"

"당연히 그러지."

"그런데 왜 티를 안 내?"

"낼 만큼은 아니라서. 난 한 번 봤었잖아."

백현의 대답에 사라의 눈썹이 팍 찡그려졌다. 혼자 잔뜩 얼어 있는 것이 새삼 민망스럽게 느껴졌다.

그래서 표정을 가다듬으려 해봤지만, 백현처럼 멀쩡해질 수는 없었다. 여전히 가슴이 쿵쾅거리며 뛴다.

사라뿐만이 아니었다. 백현의 허리춤에 매인 칼자루, 검무희도 조금씩 진동하며 긴장의 기색을 내비치고 있었다.

성안으로 들어온 백현은 천천히 손을 들어 올렸다. '의사'는 이미 전했고, 답을 들었다.

빠직!

공간이 일그러지기 시작했다. 백현은 천천히 어비스의 문을 열었다. 문을 연 즉시였다.

파앗!

어비스의 너머에서 빛이 번쩍였다. 이쪽에서 찾아가야 하지 않을까 생각했는데, 그렇게 나서기도 전이었다.

"크흠!"

바닥에 떨어진 소녀가 휘청거리며 일어서면서 헛기침을 했다. 착지를 제대로 하지 못한 것이 민망하다는 얼굴이었다.

허리를 꼿꼿이 세운 그녀는 몸에 묻은 흙먼지를 툭툭 털어내면서 주변을 쓱 둘러보았다. 그러다가 백현을 보며 뒷짐을 졌다.

"오랜만입니다."

여휘. 선계의 사자인 이무기다. 먼 과거 백현이 도원경에 있었을 적부터 인연을 맺었고, 선계에 갔을 적에도 한 번 만나보았다. 백현이 어비스의 문을 열어준 덕에 여휘가 이렇게 올 수 있었다.

"잘 지냈어요?"

"그럭저럭 잘 지내기는 했지요. 그러는 당신은……."

여휘는 백현과 사라의 모습을 빤히 보았다.

"……굳이 물을 것도 없군요. 놀라운 일입니다. 설마 당신이……. 이 짧은 시간에 그만한 존재가 되어버리다니."

아차. 여휘는 화들짝 놀라더니, 꼿꼿이 세우고 있던 허리를 굽혔다. 그대로 한쪽 무릎을 꿇고 앉은 그녀는 정중한 자세로 백현에게 고개를 숙였다.

"어비스의 주인을 뵙습니다. 그간의 무례는 용서해 주시길."

"어우, 그러지 마요. 낯부끄럽게 뭐 하는 거예요?"

백현은 손사래를 쳤지만, 여휘는 일어나지 않았다. 이렇게 대하는 것이 그녀에게는 당연했다.

지금 그녀의 눈앞에 있는 것은 몇십 년 전 도원경으로 인도했던 하찮은 인간이 아니다. 그 이후에 선계에서도 한 번 보기는 했지만, 그 몇 년 전과 지금. 서로의 입장은 판이하게 달라졌다.

백현이 탈각해 신격이 될 것은 그 당시에도 짐작할 수 있었지만. 단순한 신격을 뛰어넘었다. 절대신격에는 도달하지 못했지만, 지금 백현의 격은 일반적인 신격과도 판이하게 달랐다.

분명한 것은 그가 이 어비스라는 거대한 성역의 주인이자, 어쩌면……

"……다른 이들은 없습니까?"

여휘는 주변을 쓱 둘러보면서 물었다. 이 넓은 성은 백현과 사라를 빼면 텅 비어 있었다. 백현이 따로 권속을 두지 않았기 때문이다. 굳이 따진다면 어비스의 모든 몬스터가 백현의 권속이겠지만, 정작 백현은 그런 인식을 전혀 하고 있지 않았다.

"이 성만 해도. 아무도 없는 것 같군요."

"내 코가 석 자라서요."

어차피 생활 대부분은 바깥에서 하고 있다. 필요성을 전혀 느끼고 있지 않으니, 굳이 권속을 늘려보겠다는 생각은 해본 적이 없었다.

"뭐, 여기 서서 계속 얘기하는 것도 좀 그러니까. 일단 안으로 들어갈까요? 아무도 없기는 하지만 이렇게 서 있는 것보다는 나을 텐데."

"예?"

백현의 말에 여휘가 조금 당황한 표정을 지었다.

"아뇨, 굳이 그럴 필요까지는……."

"오랜만에 만난 것이기도 하고. 아직 제대로 얘기도 듣지 못했잖아요?"

"그…… 렇죠. 아. 그럼 일단 확인부터 할 수 있을까요?"

여휘가 더듬거리며 물었다. 백현은 여휘가 당황해하는 것을 조금 의아하게 여기기는 했지만, 여휘가 '확인'을 요구하는 것마저 의아하게 여기지는 않았다.

화악!

백현의 손 위에서 뿌연 안개가 뭉쳤다.

흑장미여왕에게 맡겨두었던 천의무봉의 혼이었다. 검령에게 먹혔던 그 혼은, 아직까지 잠들어 있었다.

하지만 자아는 붕괴하지 않았다. 비록 혼만 남았다지만 천의무봉은 틀림없이 살아 있었다.

천의무봉의 혼을 우자와 만나게 해준다. 그것을 위해서 백현은 선계에 전갈을 보냈다.

과거, 백현은 어비스의 나락으로 떨어지고 심연의 왕좌의 인도하에 선계로 건너간 적이 있었다.

그때의 길은 이미 사라져 있었지만, 백현은 선계로 '통하는' 길을 확실히 인지하고 있었다.

비록 그 길이 아닌 다른 길을 선택해 버렸다지만. 그 길을 보아둔 덕에, 이 만남이 성사된 것이다.

"……날씨가 좋군요."

요구한 대로 확인까지 시켜주었는데. 여휘는 전혀 다른 이야기를 했다.

백현은 하늘을 보았다. 당연한 말이지만, 어비스의 이면에는 태양 같은 것은 없다. 이곳은 그냥 시커먼 세계일 뿐이다. 그런 곳에서 뭔 놈의 날씨란 말인가.

"갑자기 무슨 말이에요?"

"아뇨, 그냥……. 날씨가 좋은…… 좋을 것 같아서요. 아, 그리고…… 잘 지내셨어요?"

이런 일은 영 익숙하지 않다. 여휘는 삐질삐질 흐르는 식은 땀을 내색하지 않으려 하면서 그렇게 물어보았다.

백현은 고개를 갸웃거렸다. 그는 자신의 성을 가리키면서 말했다.

"저기 들어가기 싫어서 그러는 거예요?"

"그, 건 아니지만."

"그럼 왜……."

그 질문이 끝나기도 전이었다.

여휘의 등 뒤에서 '파직'하는 검은 전류가 튀었을 때. 백현은 당연히 질풍신뢰를 연상했다.

동시에 큰 의문을 느꼈다. 백현이 이곳에서 느낀 존재감은 사라와 자신을 제외하면 여휘뿐이었기 때문이다.

그다음에는 '누구?'.

백현에게 질풍신뢰를 가르친 것은 마황이다.

하지만 여휘의 등 뒤에 나타난 것은 마황이 아니었다.

백현은 전류 속에서 몸을 일으키는 남자를 보았다. 보고 있는데도, 그의 존재감을 느낄 수가 없었다. 백현은 놀라 눈을 동그랗게 떴다.

백현의 등 뒤에 있던 사라도, 백현의 것과 같은 당황을 느끼며 고개를 갸웃거렸다.

여휘의 등 뒤에 나타난 남자가 손을 뻗었다. 여휘의 어깨 위에 손이 올라가자, 잔뜩 긴장했던 여휘의 얼굴이 편안해졌다.

"……정말 금방 오셨네요."

시간 끌기. 고작해야 몇 분이지만, 그것으로 충분했다.

'누구지?'

선계의 모든 신선을 만나보지는 않았다.

신선인가? 여휘와 함께 있으니 그런 생각이 먼저 들었다.

아니, 신선일 리는 없다. 생각은 즉시 바뀌었다. 마황은 자신의 성명절기인 흑뢰번천과 질풍신뢰를 다른 신선들에게 가르치지 않았다. 마황과 백현을 제외하고 질풍신뢰를 쓰는 것은 한 명뿐이다.

"……사형?"

남자는 긍정도 부정도 하지 않았다. 그는 오직 백현의 얼굴만 뚫어져라 보았다.

백현은 그 시선을 피하지 않았다. 그렇다 보니 남자의 얼굴을 제대로 볼 수 있었다. 여태까지 잘 생긴 사람은 꽤 많이 봤던 것 같은데. 남자의 용모는 백현이 알고 있는 미남의 기준을 저 아득하게 높은 곳으로 끌어올릴 정도로 빼어났다.

"……아무것도 없더군."

남자가 입을 열었다. 그는 손을 들어 등 뒤의 성을 가리켰다.

"저 안에 말이야. 아무것도 없었어. 이 세상에도 딱히 위험하다 판단할 것이 없었고."

이 세상.

여휘와 대화를 나눈 시간이 얼마나 되던가? 오 분? 십 분은 안 된다. 그 짧은 시간 동안……. 남자는 백현의 성과, 어비스 전체를 둘러보고 온 것이다.

경이적인 속도였다. 하지만 놀라운 것은 속도만이 아니다. 남자가 바쁘게 움직이는 동안, 백현은 단 한 번도 남자의 존재를 간파하지 못했다.

"……뭐라도 있어야 했나요?"

백현은 피식 웃으며 물었다. 허락도 구하지 않고 성역을 보여진 것이 불쾌하지는 않았다.

단지 궁금할 뿐이었다. 저 남자. 사형은 왜, 이곳을 돌아본 것일까. 그는 대체 무엇을 확인하려 한 것일까.

"그랬다면 우리는 적이 되었겠지."

남자가 고개를 저으며 대답했다.

"실제로 보는 것은 처음이지, 사제. 사제······. 설마 내 입으로 이런 말을 하게 될 줄이야."

남자가 중얼거렸다. 누군가에게 사형이라고 불리는 것도, 자신의 입으로 누군가를 사제라 부르는 것도 영 어색하고 거북했다.

그 중얼거림에 백현은 반색해 웃었다.

"마황 스승님께 이야기는 들었어요."

"그분이 좋은 이야기를 해주진 않았을 것 같은데."

확실히. 잘난 건 얼굴뿐이라는 이야기만 들었다. 재능은 더럽게 없었다는 이야기도 들었다.

얼굴이 잘났다는 말은 인정할 수밖에 없었다. 하지만 재능? 저게 없는 재능으로 도달할 수 있는 영역이란 말인가?

백현은 두 눈을 얇게 뜨고서 남자를. 사형을 응시했다. 눈앞에 있는데도 눈앞이 아닌 다른 곳에 있는 것만 같다.

분명히 보고 있는데 느낄 수가 없다. 그의 존재감은 연기보다 가벼웠고 모래알보다 작았다. 마치 환영처럼 느껴지기도 했다.

착각일 뿐이다. 사형은 분명히 저 앞에 있었다.

깊이, 그것을 인지한다. 어느새 뜬 심안과 그의 성역인 어비스가 사형의 존재를 본다.

뒤섞여 있는 것 같았다. 하지만 결국은 하나다. 전혀 섞일 수 없는 것들이 섞여서 하나를 이루고 있다.

백현은 눈앞의 사형에게서 한 명의 스승을 보았다. 사형에게서 마황의 기가 느껴진다. 그리고 한 명 더. 사제지간을 맺지 않았지만, 많은 배움을 준 허주를 느꼈다.

그리고 더.

모르겠다. '저들'은 누구인지 모른다. 하지만 터무니없는 존재들이라는 것은 안다. 백현은 전신 털이 오싹 곤두서는 것을 느꼈다. 갈증이 목을 태운다.

싸우고 싶었다.

"싸우기 위해 온 것이 아냐."

곤두서 오는 투쟁심을 맞닥뜨리고도 남자는 평온했다. 그는 곁에서 꿀꺽 침을 삼키는 여휘를 힐긋 내려다보았다.

"이 세상을 돌아봤다."

남자가 한 걸음 뒤로 물러섰다.

"많은 것이 있었지만, 내 눈에는 아무것도 없었어. 이곳에 투신전의 적은 없다."

아하. 백현은 히죽 웃었다.

"마신과 손을 잡지 않았을까. 그걸 확인하기 위해 온 거군요."

"응."

"제가 만약 마신과 손을 잡았었다면?"

"사제가 우리를 부른 것은 분명한 목적이 있었어."

남자가 입을 열었다.

"사제는. 우자의 아내인 천의무봉의 혼을 가지고 있다. 그리고 그 혼을 투신전에……. 선계의 우자에게 보내주고 싶어 했지."

투신전에 메시지를 보내는 것에는 아이언메이드와 악몽의 결정자의 도움을 받았다.

대답은 머지않아 돌아왔다.

"투신은 직접 올 수 없다. 어비스, 사제의 세상이 아무리 커다랗다고 해도 투신의 강림을 감당할 수는 없어."

"그래서. 함정이라고 생각해서, 사형이 투신을 대신해서 온 건가요?"

"내가 가겠다고 자청했지."

남자가 빙그레 웃었다.

"사제의 요청이 함정이란 생각은 하지 않았어. 설령 사제가 마신과 손을 잡았다고 해도 말이야. 하지만 함정이 아니라고 해도 확인은 필요했거든."

"무슨 확인?"

"사제가 적인지 아닌지."

남자는 여휘의 어깨에서 손을 내려놓았다.

"처음으로 생긴 사제. 스승님은 사제의 재능을 극찬했고, 허주도 마찬가지였지. 그 투신마저도 사제를 대단하다고 인정했어. 난 그런 사제를 직접 보고 싶었고."

만약에. 그 하나뿐인 사제가 마신과 손을 잡았다면.

"내 손으로 죽일 생각이었지."

백현의 웃음이 진해졌다.

"투신의 뜻은 아니야. 투신은, 만약 사제가 마신과 손을 잡았다고 해도 내버려 두라고 했지. 그런 선택을 했을 뿐이라고 말이야."

"……사형은 투신의 사도라고 들었는데. 신의 말을 안 들어도 괜찮은 거예요?"

"두들겨 맞겠지."

남자가 이를 드러내며 웃었다.

"사제. 난 말이야, 굉장히 힘든 삶을 살았거든. 그렇게 살다가 간신히 행복해졌어. 내 삶에서 다시없을 행복과 평온을 얻었지. 난 그 삶을 사랑해. 간신히 손에 넣은 이 삶을 지키기 위한 대가가 두들겨 맞는 것이라면, 얼마든지 맞을 수 있지 않겠어?"

물론. 그런 일은 없게 되었다.

"다행히 사제는 마신과 손을 잡지 않았더군. 아직은 말이야. 덕분에 하나뿐인 사제를 내 손으로 죽일 일은 없게 됐고."

"아직은, 이라는 건 언젠가는 마신과 손을 잡을 수도 있다는 거잖아요. 우환거리는 일찍 뽑아내는 편이 낫지 않아요?"

백현은 웃으며 물었다.

사형을 자극하기 위한 말이었다. 그는 어떻게든 사형과 싸워보고 싶었다.

"당장은 아니야."

하지만 남자는. 사형은, 여전히 웃는 얼굴로 대답했다.

"말했잖아. 이 세계를 봤다고. 아무것도 없는 세계…… 그래 보였지만, 정말 아무것도 없는 것은 아니었지. 사람들과 몬스터. 그리고 사제의 세상. 사제는 자기가 질리지 않을, 지루함을 느끼지 않을 자신만의 장난감, 아니지. 놀이공원을 만들고 있어."

백현은 긍정도 부정도 하지 않았다. 확실히, 어떤 관점에서 본다면 지금 백현이 하고 있는 것은 그렇게 비춰질 수도 있었다.

그는 딱히 세상의 평화나, 균형을 생각하지 않는다.

어비스를 존속시키는 것도. 예전처럼 몬스터를 내보내는 것도. 관리국을 재건한 것도. 신격들을, 내버려 둔 것도. 세상을 위해서가 아니라. 백현 자기 자신을 위한 일이었다.

"아직 만들어지지도 않았지만 말이야. 사제가 마신과 손을 잡게 된다면, 그건 정말 어쩔 수 없을 때뿐일 거야. 도저히 갈증을 참을 수 없게 되었을 때. 어떤 식으로든 날뛰고 싶을 때. 해소되지 않은 욕구를 어떻게든 분출하고 싶을 때. 그때는……. 사제가 우리의 적이 될 수도 있겠지."

남자는 그런 존재를 잘 알고 있었다. 잘 알 뿐인가. 그가 섬기는 신이 바로 그런 존재였다.

"난 당장 사제와 싸우지는 않을 거야. 당연히 사제를 죽일 생각도 없어. 만약 사제가 오늘 마신과 손을 잡았다면 죽였겠지. 난……. 내가 거머쥔 평화와 행복을 아직 충분히 즐기지 못했거든. 그런 상황에서 사제가 '적'이라는 것을 안다면? 그럼 죽일 수밖에 없잖아."

하지만 '오늘'의 백현은 적이 아니었다.

"나중은 상관없어. 난 아주 오래 살거든. 당장의 평화와 행복. 이게 영원하다면 참 좋겠지만, 모두가 똑같아. 영원한 평화. 당연시하던 것들에게 조금은 질려 버려. 그때에, 사제가 적이 된다면……."

일상이 일상을 벗어난다.

그 일상에 다시 되돌아왔을 때, 일상은 보다 감미로워질 것이다.

"사형은 미쳤군요."

백현은 웃으며 말했다. 남자는 그것을 부정하지 않고서 마주 웃었다.

안 되겠다.

싸우지 않겠다는 사형의 의지는 결연했다. 백현은 갈증을 한계까지 억눌렀다.

오늘 처음 만난 사형과 싸운다. 그건 굉장히 즐거운 일이겠지만, 저쪽이 싸우고 싶어 하지 않는 이상, 마냥 이쪽의 욕심을 들이밀 마음은 없었다.

그리고 백현도. 사형의 마음을 공감했다. 당연시하던 것이 질려 버렸을 때. 일상이 지루해, 일탈을 꿈꾸게 되었을 때.

"선계에 다녀오고 싶다고 했지?"

남자가 고개를 돌렸다.

"적이 아닌 것을 확인했으니, 초대하지 않을 이유도 없지."

길이 펼쳐졌다.

세상과 세상이 이어졌다. 백현은 어비스의 흔들림을 붙잡았다.

선계는 절대신격인 투신의 성역이다. 아무리 어비스가 특수한 세계라고 해도, 절대신격의 성역을 침식하는 것은 불가능하다.

길을 연 남자가 먼저 걷기 시작했고, 여휘가 그 곁을 바짝 붙었다.

백현은 긴장으로 얼어버린 사라의 손목을 잡아끌었다. 사라는 화들짝 놀랐다가 호흡을 가다듬었다.

설화봉 유운려. 스승을 다시 만날 수 있다는 것이 사라의 가슴을 쿵쾅쿵쾅 뛰게 만들었다.

도원경을 떠난 시간은 햇수로는 얼마 되지 않지만, 사라에게 있어서는 도원경에서 살았던 수십 년보다 길게 느껴졌다. 만나서 하고 싶은 이야기가 너무 많았다. 털어놓고, 잔뜩 울고, 안기고 싶었다.

백현은 남자에게 전음을 보냈다. 그는 의외라는 표정을 지으며 백현을 돌아보았다.

그의 눈동자가 사라를 한 번 보았고, 이윽고 피식하고 웃었다. 남자가 고개를 끄덕거렸다.

"앗."

사라가 화들짝 놀란 소리를 냈다. 일렁거리던 풍경이 어느 한 곳으로 고정되었다. 사라는 걷지 않고 그 자리에 못 박힌 듯이 섰다.

설화봉 유운려의 모습이 보인다. 그녀는 맑은 연못 위에 가부좌를 틀고 앉아 명상 중이었다.

사라는 크게 벌린 입술을 뻐끔거리며 손가락으로 유운려를 가리키다가, 뒤를 돌아보았다.

"다녀와."

백현은 히죽 웃으며 말했다. 사라의 눈동자에 눈물이 그렁그렁 차올랐다.

그녀는 벌써부터 훌쩍거리며 고개를 크게 끄덕이곤, 스승이 앉은 곳을 향해 발을 뻗었다.

그러자 이 길에서 사라의 모습이 사라졌다. 백현은 길 너머에서 사라가 유운려를 끌어안고 함께 연못에 빠지는 모습을 보았다.

"사제는 자상하군."

남자가 중얼거렸다.

"원래 이건 예정에 없는 일이었지만, 사제의 부탁이기도 하고……. 한 명 더 데리고 왔다는 정도로 주먹질을 할 만큼 쪼잔한 위인도 아니니, 괜찮겠지."

"정말 괜찮으신 거예요?"

"지금 내 걱정을 해주는 건가?"

남자가 피식 웃으며 물었다.

이런 상황이 즐겁기도 하고, 아직은 어색하기도 했다. 누군가의 사형이 된다는 것이 이런 기분인가. 어쩌면 동생이 생긴다면 이런 기분일지도 모르겠다.

사실 그런 말랑말랑한 관계도 아니다.

둘은 '언젠가' 서로가 적이 될 수도 있다고 확실하게 생각하고 있었고, 그 언젠가가 절대 오지 않기보다는 적당히 때를 맞춰 와주기를 바라고 있었다.

"걱정……. 그렇죠. 저 때문에 혼나면 좀 미안하잖아요."

"괜한 걱정이야. 그녀가 아주 자격이 없는 것도 아니고, 선계와 인연이 없는 것도 아니니까. 당장 그녀는 선계에 올 자격이 충분해. 사제가 보내주었을 때의 이야기지만."

남자는 그렇게 말하면서 고개를 돌렸다. 여휘를 포함한 셋은 다시 걷기 시작했다.

"보내주었을 때?"

"사제가 '다른 길'을 열었다는 것을 알아. 그 길……. 선계와 닮았지만, 전혀 다르지."

백현의 격이 투신이나 마신처럼 절대적이지 않기 때문이다. 백현이 아무리 이질적인 신격이라고 해도 그는 아직 절대의 반열에는 들지 못했다.

단지, 절대를 체험하고 근접해 있을 뿐이다. 그런 백현의 영향력은 전 차원에 닿지는 못한다. 철저하게 그의 영역에만. 지구와 어비스에만 제한되어 있다.

그는 투신처럼 '길' 자체를 성역으로 구현하지 못했다.

"저 아가씨를 보내줄 건가?"

"아뇨."

백현은 고민 없이 대답했다.

사라가 정 바란다면 어쩔 수 없는 일이라고는 생각한다. 사라가 스승과 쭉 살고 싶어 한다면……. 그녀를 등선시켜, 투신이 다스리는 선계로 보내줄 용의는 있다. 어쩔 수 없이, 말이다. 진심으로는 보내주고 싶지 않다.

"그럴 줄 알았어. 오지 않는다고 해서 자격이 없어지는 것은 아니니, 문제될 일은 없을 거야."

남자가 대수롭지 않다는 듯이 말했다. 합리적인 듯했지만 실상은 대충일 뿐이었다.

백현은 사형의 성격을 조금 알 것만도 같았다.

"그런데, 사형은 이름이 뭔가요?"

동시에, 자신이 사형이란 존재에 대해 아는 것이 너무나도 없다는 것도 자각했다.

"이성민."

남자가 대답했다. 백현은 작은 소리로 사형의 이름을 되뇌

어보았다. 여전히 사형은 수수께끼의 존재였다.

특히 마황이 내린 평가 중 인정할 만한 것은 얼굴이 잘났다는 것뿐이었다.

재능? 없는 재능으로 저만한 경지에 도달했다면, 세상천지에서 스스로의 재능을 자부하는 놈들 태반이 혀를 깨물고 죽어야 할 것이다.

흑장미여왕에게도 사형에 대해서 들은 적이 있었다. 그리고 또,

"아, 맞아."

백현은 명계에서의 기억을 떠올렸다. 무도의 마왕이 했던 말. 분명 안부를 전해달라고 했었지.

백현은 이성민의 등을 쳐다보며 말했다.

"혹시 무도의 마왕이라고 아세요?"

그 말에 이성민이 고개를 돌렸다. 그는 의외란 표정을 지으며 대답했다.

"사제가 그를 어떻게 알지?"

"우연찮게 명계에 갔던 적이 있었는데, 거기서 만났어요."

"명계?"

이성민이 놀란 투로 물었다. 무도의 마왕이 명계에 있었다는 것보다는, 멀쩡하게 살아 있는 인간이 명계에 다녀왔다는 사실이 더 놀라운 일이었다.

하지만 놀라기만 했을 뿐, 이성민은 자세한 사정 따위는 묻

지 않았다.

"알고 있지. 내가 아는 그는 무도의 마왕이라 불리기 훨씬 전이었지만 말이야."

"안부를 전해달라고 하던데. 혹시 친구였나요?"

"아니."

이성민은 즉시 고개를 저었다.

"적이었어."

"그런 것치고는 무도의 마왕이 되게 친한 척을 하던데."

"그는 마왕이 되기 전부터 그랬어. 성격이…… 아니, 머리가 많이 이상한 놈이었지. 아마 다시 만나게 되면 날 당연하단 듯이 죽이려 들걸."

머리가 이상한 놈이었다는 말은 백현도 동의할 수밖에 없었다. 실제로 그가 만나본 무도의 마왕은, 도저히 정상이라고 할 인물은 아니었기 때문이다.

이성민의 발이 멈추었다. 그리 많은 대화를 나눈 것도 아니었지만 어느새 목적지에 도착했다.

폭포 소리가 들린다.

일렁거리던 길은 어느새 사라져 있었다. 백현과 이성민, 여휘는 이미 선계에 와 있었다.

그중에서도 가장 큰 폭포가 있는 곳. 폭포 소리가 시끄럽고 요란한 장소. 백현은 잠시 멍하니 그 폭포를 바라보았다.

우자의 집.

그곳은 여전히 허름했다. 바닥은 물기로 질퍽거리고, 공기는 축축하다. 튀어나간 폭포수에 흠뻑 젖은 집은 당장에라도 무너질 것처럼 보인다.

하지만, 그렇게 보일 뿐이지 아직 무너지지 않았다. 백현은 그 집의 안에서 우자의 기척을 느꼈다.

우자는 백현의 스승은 아니다. 정식으로 사제지간을 맺은 사이가 아니다. 하지만 백현은 마음속으로 우자를 스승이라고 생각했다.

그에게 배운 심안과 천의무봉은, 지금까지 백현을 살아 있게 해준 구명절초였다.

만약 우자를 만나지 않았더라면? 우자에게 심안과 천의무봉을 배우지 않았더라면?

'진즉에 죽었겠지.'

틀림없이. 백현이 살아남을 수 있었던 것은 천의무봉과 심안을 적극 활용했기 때문이다.

압도적 강자와의 싸움에서 저 둘이 없었더라면 결코 살아남지 못했을 것이다.

그뿐인가? 백현이 자신의 무(武)를 정립할 수 있었던 것 또한 심안과 천의무봉으로서 자신을 관조할 수 있었기 때문이다.

어쩌면. 그래, 어쩌면. 심안과 천의무봉이 없었어도. 지금의 백현이 될 수도 있었을지도 모른다.

결국 만류귀종이라 하지 않나. 하지만……. 아주 멀리, 멀리 돌아와야 했겠지.

백현은 우자에게 은혜를 느끼고 있다. 취공과의 가벼운 내기. 술 한 독. 고작 그 대가라 하기에는 심안과 천의무봉은 너무나 큰 기연이었다.

백현은 천천히 우자의 오두막을 향해 다가갔다.

그는 우자에게 은혜를 느끼고, 우자를 조금은 이해했다. 빌어먹을 인과 속에서 홀로 살아남은 우자는 선계의 그 누구보다 고독했고, 그 누구보다 절실했다.

그것을 알아서.

그래서, 천의무봉의 혼을 구하는 것에 집착했다. 우자에게 은혜를 갚고 싶었다. 죽음을 갈망하는 우자를 죽게 하고 싶지 않았다. 그것이 전부였다.

삐걱.

오두막의 문이 열렸다.

걸어 나온 우자의 모습은. 조금 의외라 할 만했다. 그는 마지막으로 보았을 적보다 차림새가 말쑥했다.

옷은 여전히 해진 누더기였지만, 수염과 머리는 깔끔하지는 않아도 사람다운 모습으로 정돈되어 있었다. 칙칙하던 눈동자에도 조금은 빛이 있었고, 술 냄새도 풍기지 않았다.

우자는 멀뚱히 서서 앞을 보았다.

그는 오늘의 일에 대해 아무런 이야기도 듣지 못했다. 그에게 있어서 오늘은, 어제와 다를 것 없는 오늘이었다. 여전히 그는 고독하다. 죽지 못해 살고 있다. 하지만 예전처럼 죽음을 갈망하지는 않는다.

조금은, 살고 싶다는 생각도 하고 있다. 백현과 한 달 동안 매일 같이 대련을 했다. 그렇게 열정적으로 무를 추구한 것은 선계에 오고 나서도 처음이었다. 과거의 우자에게 있어서 무는 증오스러운 것이었다.

검령은 우자가 무를 깨우치게 했고, 우자에게 힘을 주었다. 그리고 우자에게 그 모든 것을 빼앗았다. 그래서 싫었다.

그럼에도 몰두한 것은, 그 외에 할 수 있는 것이 없었기 때문이다. 죽은 아내와의 추억이 무에 있었다. 생전 아내의 소원이 그것이었다.

하지만. 백현과 질리도록 대련하며, 그냥……. 즐거울 수도 있다는 것을 알았다.

"백현."

우자가 백현의 이름을 불렀다. 그는 백현의 뒤에 있는 이성민과 여휘를 바라보았다.

둘 다 알고 있었다. 하지만 왜 저들이 함께 온 것인지는 알 수가 없었다.

우자는 눈을 끔벅거리며 고개를 갸웃거렸다. 선계의 사자와 투신의 사도. 그리고 백현. 대체 뭔 조합이란 말인가.

"등선한 건가? 우자는 그런 이야기는 듣지 못했다."

"오랜만입니다."

백현은 꾸벅 고개를 숙였다. 우자에게 예전 같은 폐인의 모습이 덜해졌다는 것은 기쁜 일이었다.

백현의 허리춤에 매인 검무희가 몸을 떨었다.

그녀는 우자를 직접 만난 적이 없다. 그녀가 알고 있는 우자에 대한 것은, 검령과 천의무봉의 기억에서 본 것이 전부였다.

굳이 와야 할 필요 따위는 없었다. 검무희는 우자와 천의무봉에 관해 죄책감 같은 것은 가지고 있지 않다. 그녀는 검령이 아니기 때문이다. 검령의 필요에 의해 만들어진 그릇. 천의무봉의 모습을 본떠서 만들어진 그릇이 바로 검무희였다.

만약 검령의 바람이 성공했더라면, 검무희의 자아는 검령의 자아에 삼켜지고 그 몸뚱이는 검령의 몸뚱이가 되었을 것이다. 그렇게 다시 태어난 검령은, 우자를 만나러 떠났을 것이다.

그 검령은 소멸했다. 검무희는……. 우자에 대한 일말의 애정도 느끼지 않는다.

하지만 만나보고 싶었다. 애정도, 죄책감도 없었지만 미련은 있었다. 가진 기억이……. 미련을 갖게 한다.

검무희는 자유를 추구하는 야화에게 매료되었다. 그래서

야화와 함께 있었다.

야화는 추구하던 자유에 대한 답을 찾았다. 검무희는 아직 찾지 못했다. 그녀는 여전히 칼자루에 매여 있었다.

사실 칼자루에서 벗어날 수 있다. 하지 않은 것은, 기억에 대한 모든 미련 때문이다.

그 미련에서 후련해졌을 때. 검무희는 그때가 돼서야 자신이 천의무봉도, 검령도 아닌 자신이 될 수 있으리라 생각했다.

백현은 떨고 있는 칼자루를 가볍게 쓸어주었다. 이성민이 천천히 앞으로 나섰다. 그는 우자를 향해 꾸벅 고개를 숙이며 말했다.

"오랜만입니다."

"갑자기 무슨 일이지? 우자는 잘……."

"제게 듣는 것보다는 이쪽이 더 빠를 겁니다."

이성민은 그렇게 말하면서 손을 들었다. 천의무봉의 혼이 둥실 떠올랐다. 그것을 본 우자의 눈이 크게 떠졌다.

이성민의 말대로였다. 들을 필요가 없었다. 형체를 갖추지 않은 혼이었으나, 우자는 저 혼이 무엇인지 알았다.

그는 멍하니 입을 벌리고서 떨리는 걸음을 뻗었다. 둥실 날아오른 혼이 천천히 우자를 향해 날아갔다.

혼이 형을 갖춘다.

이곳은 투신이 다스리는 성역이다. 육체가 없는 혼? 선계의 신선 중 육체를 가진 이가 드물 것이다.

신선들 대부분이 등선을 겪었다. 그들은 기존의 육체를 벗고 혼만 선계로 넘어와, 이곳에서 새로이 육체를 얻었다.

그렇기에, 이것은 결코 기적이 아니었다. 당연한 일 중 하나일 뿐이다.

하지만 우자에게는 결코 당연한 일이 아니다.

형태를 갖춘 혼은, 우자가 기억하는 아내, 천의무봉이 가장 아름다웠을 시절의 모습을 하고 있었다.

우자는 양팔을 뻗어 천의무봉의 몸을 받아냈다.

그렇게 안았을 때.

천의무봉은 눈을 감고 있었다. 그녀의 혼은 아직 잠들어 있었고, 혼이 형태를 갖춘 시점에서 깨어나기 시작했다.

천의무봉의 눈꺼풀이 파르르 떨린다. 우자는 천의무봉의 몸을 조심스레 안으며 무릎을 꿇고 앉았다.

감긴 체 떨리는 두 눈을 본다. 분명하게 살아 있는 몸의 무게와 체온을 느꼈다

우자의 고개가 푹 숙여졌다. 그의 어깨가 흐느낌으로 떨렸다.

혼을 끌어안은 순간. 우자는 무슨 일이 있었는지를 알게 되었다. 혼에 남은 기억이……. 왜 이 기적 같은 재회가 이루어졌는지를 알려주었다.

우자는 고개를 들어 백현을 바라보았다. 그의 눈은 백현과 칼자루인 검무희를 보았다.

"우자는."

우자가 울먹거리는 목소리를 냈다.

"우자는……. 이 은혜를……. 어찌 갚아야 할지 모르겠다."

"안 갚아도 괜찮아요."

백현은 피식 웃으며 대답했다.

"너무 많이 받았던 것은 나였으니까. 이제야 균형이 맞은 거죠."

우자의 눈에서 눈물이 흘렀다. 그는 천의무봉의 뺨을 어루만지면서 검무희를 바라보았다.

"……고맙다."

아. 검무희는 깊은 곳에서 차오르는 기분이 무엇인지 잘 알수가 없었다. 따스하고, 커다랗고, 포근하고……. 기쁨, 충족감, 해방감. 뭐라 정의할 수 없는 감정이었다.

하지만 이것만큼은 분명하게 알 수 있었다.

다시 만나게 해주어서 다행이다. 내가, 내가 아니게 되어서……. 저 자리에 대신 있지 않아 정말로 다행이다. 내가 나로 남아서 다행이다.

검무희는 진심으로 그렇게 생각했다.

10장
즐거운 것

'만족했어요?'

[네.]

넌지시 물어본 질문에 즉시 대답이 돌아왔다. 일말의 미련도 없는 웃음이었다.

그 후련한 대답에 백현은 조금 신기함을 느꼈다. 당연히, 조금은 미련이 남을 것이라 생각했기 때문이다.

백현은 검무희를 안다. 그녀의 기원과 이곳에 온 이유. 그녀가 사라지지 않고 쭉 세상에 남기로 한 이유도 안다.

우자는.

원한다면 선계에 남아도 좋다고 말했다.

우자 역시 검무희가 어떤 존재인지 알았다.

그녀가 검령에서 비롯된 존재이고, 그 기억을 가지고 있다는 것과 천의무봉을 본떠서 만들었다는 것도.

그것에 관해서 증오는 느끼지 않는다. 증오의 대상인 검령은 이미 소멸했고, 검무희는 검령과는 다르다. 우자 또한 그것을 이해했다.

하지만, 증오는 느끼지 않아도 책임감마저 느끼지 않는 것은 아니었다. 굳이 말하자면 검무희는 우자와 검령의 딸과 같은 존재였다.

[제 바람은 이곳에 있지 않습니다.]

검무희가 대답했다.

우자의 제안은 고마웠다. 하지만 받아들일 수는 없었다. 검무희는 과거와 미련에서 이별하기 위해 이곳에 온 것이다.

우자의 제안은 받아 이곳에 남는다면, 이별은 고사하고 얽매이게 되어버린다.

백현은 뒤를 힐긋 돌아보았다. 폭포 소리는 여전히 시끄러웠다. 아직 집에 돌아가지 않은 우자와 천의무봉의 모습이 보였다.

"사제지간을 맺지 못해 아쉽지는 않나?"

"자기가 싫다는데 어쩌겠어요."

백현은 쩝 입맛을 다셨다. 진심으로 스승으로 모시고 싶다고 말해보았지만, 우자는 즉답으로 거절했다.

백현과 그런 관계가 되고 싶지 않다는 것이 이유였다. 그 대답이 워낙에 진실 되어서, 더 조르지도 못했다.

친구. 결국 백현과 우자는 그런 관계로 남았다.

아쉽거나 할 것도 없었다. 사제지간이 되지는 못했지만 친구는 될 수 있었다. 백현은 우자의 그런 웃음을 볼 수 있는 것만으로도 좋았다.

"조용히 가고 싶었는데."

이성민이 작은 소리로 중얼거렸다. 앞서 걷던 그는 걸음을 멈추고 앞을 뚫어져라 보았다. 산길 한복판에 거구의 남자가 앉아서 길을 가로막고 있었다.

허주였다. 그는 양 무릎에 손을 올리고서 이를 드러내며 웃었다.

파직, 하고 전류가 튀었다.

허주의 뒤에 나타난 마황이 허리를 꼿꼿이 세우고 뒷짐을 졌다. 그 모습에 이성민은 푹 한숨을 내쉬었다.

그리고 기습.

단어의 의미에 충실했다. 은밀하고 빠르다. 이성민은 홱 몸을 틀며 손을 뻗었다.

그가 있던 자리를 관통한 창이 이성민의 손에 붙잡혔다. 잡힌 순간에 즉시 공방이 이어졌다.

이성민은 두 발을 뒤로 끌면서 창을 뺏어 당기고, 다른 손으로 이어지는 공격을 차단했다.

백현은 두 눈을 멀뚱거리며 공방을 나누는 창왕과 이성민을 바라보았다.

결착은 순식간에 이뤄졌다. 이성민이 창왕의 창을 빼앗고, 그의 가슴팍에 일장을 갈겼다.

묵직한 타격음이 창왕의 몸을 비틀거리게 만들었다. 빙글 돈 창끝이 창왕의 목젖 앞에서 멈췄다.

"×팔."

창왕이 표정을 일그러뜨리며 내뱉었다. 당황 없는 이성민의 얼굴을 보아하니, 이런 일이 처음은 아닌 것 같았다.

이성민은 빼앗은 창을 창왕에게 돌려주며 꾸벅 고개를 숙였다. 분하단 표정으로 이성민을 째려보던 창왕이, 홱 고개를 돌려 백현을 노려봤다.

"안 됩니다."

이성민이 재빨리 창왕을 제지했다.

"다투기 위해 온 것이 아니잖습니까."

"대련인데?"

"싫은 사람 공격해서 뭘……."

"전 좋아요."

백현이 즉시 대답했다. 그 말에 창왕이 함박웃음을 지었고, 이성민은 표정을 찌푸렸다.

그는 고개를 가로저으며 백현과 창왕 사이를 가로막았다.

"그런 목적으로 온 것이 아니잖아."

"이런 목적도 조금 있었는데……."

"안 돼."

반론은 받지 않겠다는 투였다. 그 고집스러운 말에 창왕은 고개를 돌려 퉤 침을 뱉었고, 백현은 아쉽다는 표정을 지었다.

창왕은 돌려받은 창을 등 뒤에 비껴 메면서 백현을 위아래로 쳐다보았다.

"그때도 괴물이었는데. 지금은 더 괴물이 됐어."

"강해졌죠?"

"세상이 × 같아. 재능 넘치는 새끼들이 뭐 이리 많은지 모르겠다. 나 같은 놈이 내세울 건 한 살이라도 더 처먹었다는 것뿐이군."

"재능 운운하실 만큼 둔재는 아니시잖습니까."

"옛날에는 그랬지. 이곳에서는 아니고."

창왕은 투덜거리면서 몸을 돌렸다. 그러다가 문득 생각난 것인지 고개를 돌려 백현을 쳐다보았다.

"오랜만이다."

"잘 지내셨……."

그렇게 말해놓고는, 백현의 대답은 듣지도 않았다. 백현은 훌쩍 뛰어올라 사라지는 창왕의 등을 멍하니 쳐다보았다.

큭큭거리는 웃음소리가 들렸다. 뒷짐을 지고 웃던 마황이 고개를 흔들었다.

"수행을 게을리하지 않는 모양이구나."

"말고 딱히 할 것도 없잖습니까."

"계집질에 빠진 줄 알았더니."

"빠진 적 없습니다."

"스승을 모시는 것보다는 중히 여기지 않았나?"

"말을 왜 그리하십니까. 모시고 싶은 마음은 굴뚝같습니다. 그러지 못할 뿐이지."

이성민이 투덜거렸다.

마황이 너털웃음을 터뜨렸다. 삐딱하니 이야기하고는 있지만, 정말 불쾌해서 저런 말을 하는 것은 아니었다.

허주가 몸을 일으켰다.

"무신마를 만나러 왔냐?"

"네."

백현은 고개를 끄덕거리며 대답했다. 백현은 마황을 향해 무릎을 꿇고 절을 올리려 했지만, 그 순간에 가면 너머 마황의 눈이 찌푸려졌다.

이성민이 즉시 손을 뻗어 백현의 어깨를 붙잡았다.

"그런 거 싫어하셔."

"그래도 예의상……."

"예의는 무슨. 얼굴 본 것으로 충분하지."

마황이 중얼거렸다. 그는 뒷짐을 지고 휘적휘적 걸어 백현에게 다가오더니, 이성민과 백현의 얼굴을 번갈아 쳐다보았다.

잠시 그러고 있던 마황이 턱을 어루만졌다.

"확실히. 이리 보니 첫째가 둘째보다 얼굴은 잘났군."

묘하게 자존심이 긁히는 기분이었다. 반박할 수 없는 말이라 더 그랬다.

"말년에 제자는 기깔 나게 거두었어. 청출어람……. 스승으로서는 뿌듯한데, 본좌는 사람은 원체 속이 좁아서 영 뿌듯하지가 않아. 본좌는 본좌보다 강한 놈이 싫다."

"스승님이 키운 제자잖습니까."

"넌 그렇게 말할 자격이 있지. 본좌한테 죄다 배웠으니까. 하지만 이놈은……."

마황이 백현을 위아래로 훑어보았다.

"숟가락만 얹은 기분이라 영……. 그냥 사제지간 하지 말까? 네 생각은 어떠냐."

"싫어요."

"스승의 말에 따박 따박 대꾸하는 것을 보니 싸가지 없는 것은 서로 닮았구나."

마황이 이죽거렸다.

이번에도 말뿐이었다. 마황은 백현의 어깨를 두드리면서 말했다.

"안부는 귀찮으니 묻지 않으마. 뭐 알아서 잘했을 테고, 그래서 이곳에 온 것이겠지. 얼마나 있을 셈이냐?"

"오래는 안 됩니다. 사제는 신선이 아니니까."

"사형제 간에 정이 없군."

"오늘 처음 만났잖습니까. 벌써부터 정이 생기는 것이 이상하지요."

"지난번에는 한 달이나 있었는데?"

"그때는 특수한 경우였잖습니까."

"싸가지 없는 새끼."

마황이 중얼거렸다.

뚜둑, 뚜둑.

허주가 몸을 풀기 시작했다. 마황은 그럴 줄 알았다는 듯이 백현의 어깨를 잡아끌었다.

"가자."

"예?"

"늘상 있는 일이다. 저놈이 오면 허주가 반겨주지. 아주 격하게 말이야. 본좌는 많이 봐서 질렸고, 넌……. 보면 끼어들고 싶어 할 것이 뻔하니, 아예 안 보는 편이 낫다."

"겉돌면 안 돼, 사제."

이성민이 소매를 걷어 올렸다. 감정 표현이 드물었던 얼굴 한복판에 미소가 그려지고 있었다.

그건 허주도 마찬가지였다. 둘 사이에는 백현이 이해하기에는 너무 깊은 유대가 있었다.

백현은 마황이 잡아끄는 대로 걸었다. 남아서 보고 싶은 마음이 굴뚝같았지만, 보아버린다면…… . 마황의 말대로 어떻게든 끼어들고 싶을 것이다. 백현은 그런 욕심을 꾹 눌러 참았다.

"잘 컸구나."

허주의 곁을 지나칠 때. 그가 중얼거렸다.

백현은 히죽 웃으며 허주의 얼굴을 돌아보았다. 즐겁게 웃고 있는 허주의 눈동자가 보였다.

지금 싸우면 어떨까? 예전 선계에서는 뿔에 손을 대는 것이 고작이었는데.

지금은…… .

백현은 상상을 그만두었다. 더 해버린다면, 진짜로 시험해보고 싶어질 것이다.

"허주 님과 사형은 무슨 관계인가요?"

"복잡한 질문을 하는군."

등 뒤에서 요란한 폭음이 들린다. 세상이 쩌렁쩌렁 울리고 땅이 뒤흔들렸다. 백현은 뒤를 돌아보고 싶다는 마음을 참으려 마황에게 물어보았다.

"본좌의 제자…… . 네 사형이 사람 구실을 하게 된 것은 허주 덕분이다. 놈이 비루먹던 시절부터 허주가 놈을 돌봤지. 놈에게 있어서 허주는 스승이고, 아버지이고, 형제이고, 친구다."

그러니 공감이 힘들 수밖에. 둘 사이의 유대는 그만큼이나 깊고 진했다.

"네 사형이 투신의 사도가 되고, 몇 번인가 선계에 왔었다. 그때마다 항상 저런 식이다. 창왕이 싸움을 걸고, 패배하고, 허주가 싸움을 걸지. 결국 서로 좋아서 저러는 것이야. 네 사형 역시 투신과 비슷하다. 존재하는 것만으로 신선들을 자극하거든."

"마황 스승님은요?"

"직접 싸움을 걸지는 않았다. 제자에게 패배한다면 그게 무슨 망신이냐. 그렇다고 자극을 받지 않는 것은 아니다. 오히려다른 신선들보다, 본좌가 더 많은 자극을 받지. 스승이 제자를뛰어넘는다. 어떤 놈들은 제자의 성취에 기뻐하겠지만, 본좌는마냥 기뻐할 정도로 순해 빠지지 않았거든. 속에서 불이 난다."

마황이 피식 웃으며 대답했다.

"등선해서 선계에 온 놈들은 자기가 제일이었다는 것을 당연히 여기지. 하지만 이곳에서는 아니야. 천외천이라 경외 받던 자들의 천외천이 바로 이곳이다. 그래서 모두가 새로이 하늘로 올라서기 위해 발악하는 것이다. 그래서 불이 나는 것이다. 본좌의 제자가 본좌보다 뛰어나졌다는 것이 화가 난다. 무신마도 그럴 거다."

백현은 마황을 돌아보았다.

과거 선계에 왔었을 적. 백현은 마황이나 다른 신선들이 얼마나 강한 것인지 제대로 가늠할 수가 없었다.

하지만 지금은 아니다. 가늠할 수 있다. 그때의 마황보다 지금의 마황이 더 강하다는 것도 느낄 수 있었다.

그건 마황뿐만이 아닐 것이다. 허주도, 창왕도. 백현이 정체되지 않은 것처럼, 그들도 마찬가지였다.

"제가 이렇게 될 수 있었던 것은 스승님 덕분이죠."

"알면 됐다."

마황이 피식 웃으면서 말했다.

무신마의 저택으로 향하는 길. 그리 멀지 않은 거리였지만, 그 사이에 만남은 끊이질 않았다.

"음(音)은 나아졌어?"

요희란이 반갑게 웃으며 물었다. 백현이 목청을 가다듬자, 그녀는 기겁하면서 백현을 멈추게 만들었다.

한 소절도 뱉지 않았지만 마황 또한 끔찍한 일이 일어날 것임을 예견했다. 그는 직접 손을 써서 백현의 몸을 붙잡았다.

"살령을 썼다고? 미친놈, 그런데도 살아 있단 말이냐?"

명공이 헛웃음을 흘리며 물었다. 백현은 목에 걸고 있던 파라넥트를 다시 돌려주려 했지만, 명공은 고개를 저어 거부했다.

더 이상 필요 없다고. 그건 백현도 마찬가지였지만, 명공은 파라넥트를 돌려받지 않았다. 필요 없다면 다른 필요한 놈한테 줘버리라는 것이 거절의 이유였다.

그 말을 들으니 문득 생각나는 것이 있어서, 백현은 다시 파라넥트를 목에 걸었다.

"약빨은 시험해 봤나?"

취공이 음흉한 웃음을 지으며 물어보았다. 백현은 헛기침을 하며 고개를 젓자, 취공은 혀를 끌끌 찼다. 칼이 있어도 쓰지 못하는 놈이라며 비아냥거리기도 했다.

쓸 기회가 없었다고 반박하고 싶었지만……. 생각해 보면 기회는 꽤 많았던 것 같다. 역시 처음이 제일 힘들다.

백현은 문득 걸음을 멈추고, 뒤를 돌아보았다.

멀리서 폭음이 들린다. 이성민과 허주가 싸우는 소리다. 그 근처에서 다수의 기척이 느껴졌다. 으레 있는 일이라더니, 신선들 몇몇이 근처에서 구경하는 모양이었다.

요희란과 취공, 명공의 기척도 그곳에서 느껴졌다.

"예쁨 받는군."

마황이 피식거리며 말했다.

선계에 처음 와서 만난 신선들. 그들 모두에게 가르침과 은혜를 입었다. 그 모든 인연이 지금의 백현을 만들었다.

사실은 필요 없었다고. 오만하게 그리 생각하지는 않았다. 그 모든 것이 필요하고 의미가 있었다. 백현은 몇 번이나 숙였던 머리를 한 번 더 숙였다.

무신마의 저택 앞에서 마황은 먼저 걸음을 멈추었다. 그는 빙글 돌아 백현을 쳐다보더니, 한 번 더 그의 어깨를 두드렸다.

"본좌는 간다."

"같이 안 들어가십니까?"

"본좌는 눈치가 있다. 누구와는 다르게 말이지. 그리고, 더 풀 회포도 없다. 이곳까지 함께 온 것으로도 충분해."

마황은 그렇게 말하면서 웃었다.

"본좌는 네게 걸음마를 가르치지는 않았다. 이미 걷고, 뛸 줄 아는 놈에게 더 빨리 뛸 수 있는 요령 정도만 가르쳤지. 걸음마를 가르친 스승에게 인사를 하러 가는 것에 본좌가 함께 갈 이유가 있느냐. 이곳까지 함께 온 것으로 족하다."

"감사합니다."

절을 올리려고 했지만, 마황이 또다시 인상을 찌푸리며 고개를 저었다. 신경 쓰지 않았다. 백현은 마황이 질색하는 것을 무시하고 그에게 절을 올렸다.

"말은 더럽게 안 처듣는군."

"제가 하고 싶어서 하는 겁니다."

"스승의 거절은 중요하지 않다는 거냐."

백현의 뺀질거리는 대답에 마황이 투덜거렸다. 여전히 백현은 땅 위에 무릎을 꿇고 앉아 고개를 숙이고 있었지만, 마황은 백현이 일어설 때까지 기다리지 않고 몸을 돌렸다.

"얼굴이나 가끔씩 비추러 오거라."

그것이 끝이었다. 마황의 몸이 전류에 삼켜져 사라졌다. 그가 사라지고서도 백현은 한참 동안 일어서지 않았다.

"츤데레시라니까."

백현은 피식 웃으며 중얼거렸다. 그는 무릎을 툭툭 털고 일어서서 몸을 돌렸다.

굳게 닫힌 저택의 문이 보였다. 백현은 한번 심호흡을 하고서 대문을 향해 다가갔다.

직접 열 필요는 없었다. 문이 스스로 열렸다.

익숙한 정원을 걸었다. 선계를 떠나기 전. 무신마와 대련을 했던 곳이다. 백현은 그때 처음 신화경의 경지에 대해 들었고, 스승이 얼마나 강한지 알았다.

스승이 얼마나 높은 곳에 있으며, 백현 자신이 그보다 얼마나 낮은 곳에 있는지를 알았다.

정원을 지나 저택의 뒤. 선계에서 많은 신세를 진 옥천신수의 연못 근처의 정자. 스승인 무신마는 그곳에 있었다.

스승 혼자만 있는 것이 아니었다. 백현은 마황이 말한, 눈치가 없는 누군가가 누구인지를 깨달았다.

"늦었군."

투신. 그가 무신마와 마주 앉아 병나발을 불고 있었다.

"여기서 뭐 하세요?"

백현은 멀뚱히 서서 물었다.

바닥에 굴러다니는 술병의 수가 많았다. 벌컥거리며 술병 하나를 통째로 비운 투신이 술병을 바닥에 던졌다.

대작하고 있던 무신마가 한숨을 푹 내쉬며 백현을 돌아보았다.

"왔느냐."

"스승님."

노곤해 보이는 무신마를 보며 백현은 방긋 웃었다. 백현은 후다닥 뛰어 정자 위로 올라갔다.

꾸벅 절을 올리는 백현을 보며 무신마가 흐뭇한 미소를 지었다. 새 술병을 뜯던 투신이 피식거리며 웃었다.

"내 사도는?"

"사형은 허주 님이랑."

"그럴 줄 알았다. 마황은 돌아갔냐?"

"네. 눈치 보인다면서요."

"내가 눈치가 없다는 말이로군."

"그렇잖습니까."

무신마가 투덜거렸다.

그의 입장에서는 잘 자란 제자와의 해후를 즐기려는데 대뜸 투신이 끼어든 것 아닌가.

투신은 너털웃음을 터뜨리면서 술병을 흔들었다.

"맞아, 눈치가 없었지. 그래도 궁금해서 말이야."

"그렇다면 제자와 따로 만나면 되지 않습니까?"

"너랑 상관없는 일도 아니니까 말이야."

투신이 빈 술잔을 백현에게 밀어주었다. 그는 직접 술병을 들어 백현의 잔을 채워주었다.

상관없는 일이 아니다. 이미 들었기에, 무신마는 덤덤한 반응이었다.

"무슨 일인데요?"

사정을 모르는 것은 백현뿐이었다. 그는 고개를 갸웃거리며 투신이 건넨 술잔을 받았다.

"네 스승을 데려갈 거냐?"

투신이 빙그레 웃었다. 그 말에 백현의 어깨가 움찔 떨렸다. 그는 슬쩍 무신마의 반응을 보았다.

무신마는 아무런 말도 하지 않고 있었다. 그는 당사자였지만, 스스로 나서는 것보다는 백현의 반응이 더 궁금한 모양이었다.

"스승님이 원하신다면요."

"네 의지는?"

"저보다는 스승님의 뜻이 중요하지 않을까요."

백현의 대답에 투신이 피식 웃었다. 그는 고개를 삐딱하니 기울이며 백현을 응시했다.

백현은 투신의 눈동자 깊은 곳에 있는 폭력성을 보았다. 그건, 보는 쪽의 가슴을 두근두근 설레게 만드는 시선이었다.

그 눈동자를 마주하는 것만으로도, 백현은 마신이 했던 말을 이해했다. 투신과 비슷하면서도 확실하게 다르다고 했던가.

"네가 억지로 데려가려 한다면, 우선 날 납득시켜야겠지."

"스승님이 물건도 아니고."

"맞아, 물건이 아니지. 그런 식으로 하는 말이 아니야. 하지만…… 무신마가 원하는 것과 내가 무신마를 존중하는 것과…… 무신마를 보내주는 것은 전혀 다른 일이거든."

투신이 이를 드러내며 웃었다.

백현은 무신마를 힐끗 쳐다보았다. 무신마는 큭큭거리며 웃고 있었다.

"갈 생각 없소. 제자가 날 억지로 모신다고 해도 말이오."

"저랑 가는 게 싫으세요?"

"싫을 리가 있느냐. 하지만 현아. 본좌는 선계의 생활이 마음에 든다. 이곳의 모든 인연이 소중하기 때문이다."

무신마는 그렇게 말하면서 술병을 잡았다. 백현은 아직 비우지 않은 술잔을 냉큼 비웠다.

"제자인 너와 함께하는 것도 분명 즐겁겠지. 하지만…… 그렇게 되어버리면, 본좌는 널 더 이상 제자로 생각할 수 없을 것 같구나."

"적이 되는 것은 아니잖아요."

"그렇게 여기려고 하겠지. 하지만 스승이 아닌, 무인인 본좌가. 본좌보다 뛰어난 제자를 납득할 수 있을까. 그건 잘 모르겠구나."

무신마가 쓰게 웃었다.

"본좌는 제자인 너의 성취가 기쁘다. 네가 스승인 본좌를 뛰어넘었다는 것이 아주 기뻐. 하지만 기쁨만 느끼지는 않는다. 정점이었고, 정점을 추구한 모두가 그럴 것이다. 정점이 되는 것은 자기 자신이어야만 해. 그렇지 않으냐?"

"……흠, 공감이 가기도 하고. 아니기도 하고."

"가치관의 차이지."

투신이 대답했다.

"네 길과 우리의 길은 다르니까."

"제 길이 잘못되었다는 건가요?"

백현은 고개를 갸웃거리며 물었다.

그는 투신의 길을 보았다. 이곳, 선계를 만들어 버린 길.

인간이면서 최초로 절대적 존재가 되어버린 투신은, 백현처럼 무(武)를 추구하고 있다. 하지만 그가 바라고 완성한 무도(武道)는 백현과는 조금 다르다.

재생의 뱀은 신명이 신격의 상징이라고 말하며, 절대신격의 신명이 다른 신명들과 다른 결정적인 것을 '넓음'이라고 말했다.

투신의 무도는 투쟁이다. 그가 지배하는 선계는 각 차원에서 투쟁을 추구하던 싸움꾼들의 천국이다.

투신은 투쟁을 탐닉하고 투쟁에서 완성되었으며, 그렇기에 투신이라 불리며 투쟁을 즐기는 자들의 숭배를 받는다.

무신마도 마찬가지다.

백현은 도원경에서 무신마의 적들을 보았다. 그는, 자신을 제외한 모두의 적이었다.

그가 싸우고 쓰러뜨린 모두가 무신마의 세상에서 힘을 추구하던 자들이었다. 그들 모두를 죽였을 때 무신마는 고금제일인이 되었다.

백현은. 투쟁을 좋아한다. 싸움이 좋다. 하지만 그가 좋아하는 것은 투쟁 끝에 승리하는 것이 아니다. 그냥, 싸우는 것이 좋다.

이기는 것이 당연히 좋기는 하지만, 의미가 있다면 패배하는 것도 좋아한다. 실제로 여태까지 꽤 많이 패배하기도 했다. 투신과는 다르다.

"아니, 잘못되지 않았어."

투신이 고개를 저으며 대답했다.

"무도에 옳고 나쁨은 없다고 생각한다. 결국 무를 추구하는 것이니까. 어떤 식이냐가 다를 뿐이지. 잘못되지는 않았지만……. 솔직히 공감은 가지 않는군."

투신이 턱을 괴었다. 백현은 무신마가 부어준 술을 마셨다.

"난 이기는 것이 좋고, 지는 것이 싫다."

"싸움은요?"

"좋아하지. 내가 이기니까. 그래서 좋아한다. 패배는? 싫어. 아주 싫어. 난 무조건 이기고 싶어."

투신이 입술을 비틀어 웃었다. 무신마도 너털웃음을 터뜨렸다.

"본좌도 다르진 않단다. 물론 본좌는 투신처럼 승리만 무조건 추구하지는 않아. 하지만……. 패배가 싫다. 그건 부정할 수 없겠구나. 그러니, 현아. 본좌는 선계에 남고 싶다."

"선계에서도 패배가 없는 것은 아니잖아요."

"그렇지. 본좌는 선계에서 가장 강하지는 않으니까. 현아. 제자인 너는 이미 스승을 뛰어넘었다."

"스승님의 가르침이 있었기 때문입니다."

"그리 말해주어서 고맙구나. 스승으로서 뿌듯한 일이야. 하지만 무인인 본좌는……. 제자인 네가 본좌를 뛰어넘었다는 것에 분함을 느낀다."

무신마가 큭큭 웃었다.

"그렇기에 더더욱 가지 않는다. 무인이고, 스승인 본좌가 네게 떳떳할 수 없기 때문이지. 현이 네 성취는 기쁘지만 본좌의 성취가 부족해. 그러니 이곳에 남으려는 게다."

"알겠습니다."

백현은 고개를 끄덕거렸다. 그는 스승을 설득하려 들지 않았다. 스승의 뜻은 확고했고, 백현이 왈가왈부할 문제가 아니었다.

"마신을 만났지?"

투신이 술병을 비웠다.

"네."

"강했냐?"

"엄청요."

"나랑 비교하면?"

턱을 타고 흐르는 술을 쓱 훔쳐 닦으면서 투신이 웃는다. 백현은 투신의 얼굴을 빤히 보았다.

백현은 투신의 전력을 모른다. 하지만……. 어렴풋이 정도는 느낄 수 있었다.

백현은 사신을 떠올리고, 마신을 떠올렸다. 한 번 만나는 것도 힘든 절대적 존재. 백현은 그런 존재를 투신을 포함해 셋이나 만났다.

"마신이 더."

"하하!"

투신이 큰 소리로 웃었다. 그가 들고 있던 술병이 재가 되어 사라졌다. 투신은 웃다 말고 아랫입술을 쯥 빨았다.

"그래야지."

투신의 중얼거림은 광기가 가득했다.

"그런 존재가 있다는 것이 날 즐겁게 해. 내가 영원을 살아갈 수 있는 이유라고 해도 과언이 아니야. 마신뿐만이 아니지. 세상은 넓다. 내가 아는, 또 내가 모르는. 그런 강자가 아주 많아."

투신은 스스로를 우물 안 개구리라고 생각하지 않는다. 그는 우물 밖의 세상을 알고 있고, 개구리라 폄하될 존재도 아니다.

그렇다 하여 투신이 이 거대한 세상의 제일인가?

아니다.

투신은 스스로 그걸 잘 알고 있었다. 그는 분명히 강하지만, 마신은 투신보다 강하다.

그것을 안다. 알고, 강하게 의식하고 있다. 그 전부가 투신에게 있어서는 삶의 의미인 것이다.

"사신은?"

"그건 잘 모르겠네요."

"놈도 강하지. 직접 만나보고 싶었는데, 아직 그럴 기회가 없었어."

투신이 즐겁게 웃으며 대답했다.

무신, 무신이라. 한참을 웃던 투신이 백현의 신명을 중얼거렸다.

그는 힐긋 시선을 들어 백현을 응시했다.

"무신이라 자처하기에는 아직 많이 부족하군."

"그럴지도 모르죠."

"그 부족함마저 포용하고 있나. 과연, 알겠다."

투신이 몸을 일으켰다.

"네가 선계에 왔을 때 죽이지 않아서 다행이다. 널 이곳에서 잠시 살게 두어서 정말 다행이다."

그 나날이 있었기에, 지금의 백현이 있는 것이다.

"내 사도는 네가 마신에게 사역되는 것인지도 모른다고 말했었지. 나는……. 그리 신경 쓰지 않는다. 설령 네가 마신의 종이 되더라도 말이야. 네가 결정한 일이니까 말이지."

"언젠가 제가 당신의 적이 될 거라고 생각하시나요?"

"아직은 적이라 할 수준도 아니지. 언젠가는 모르겠지만."

일어선 투신이 백현을 내려 보면서 히죽 웃었다.

"오늘 널 만났으니, 먼 미래를 기대할 수 있겠어. 그 또한 영원을 살아가는 즐거움 중 하나가 되겠지. 무신. 넌 먼 미래에 내 적이거나, 벗이 될 거다. 어쩌면 둘 다 될지도 모르고."

둘 중 무엇도 되지 않는다.

그런 이야기는 하지 않았다. 지금의 백현을 만난 투신은 강력한 확신을 갖게 되었다.

백현은 지금 수준에서 정체되지 않을 것이다. 얼마나 시간이 필요할지는 모르겠으나, 먼 미래에 '무신'은 투신과 대적하기에 부족하지 않을 존재가 될 것이다.

그를 느낀 것으로 투신은 이 만남에 큰 가치를 두었다.

"여휘에게 말해둘 테니, 종종 찾아와라. 네가 날 즐겁게 할 자신이 있다면 말이야."

"그러다가 제가 당신보다 강해지면요?"

"난 안 져."

투신이 백현의 어깨를 두드렸다.

"네가 강해지는 동안 내가 손가락 빨고 드라마나 처보면서 놀고 있지는 않을 테니까."

어깨를 두드리던 투신의 손이 떠났다.

그는 정자에서 훌쩍 뛰어내려 땅에 섰다. 백현은 담배를 무는 투신의 등을 보면서 문득 궁금증이 떠올랐다.

"당신은 무(武)를 무엇이라 생각하시나요?"

"싸워서 이기는 것."

투신이 연기를 뿜으며 대답했다.

"내게 있어서는 그게 전부야. 무란 결국 싸움이다. 무공도 결국 잘 싸우는 기술이지. 그 모든 것이 무도라면, 내게 있어서 무는 절대적인 강함이다."

투신이 고개를 돌려 백현을 보았다. 그는 자신이 한 말에 절대적인 신념을 가지고 있었다.

이기는 것. 백현은 투신의 말을 작게 중얼거렸다.

조용히 술잔을 비우던 무신마가 입을 열었다.

"현아."

"네."

"널 처음 만났을 때. 본좌의 질문을 기억하느냐."

'무를 아느냐.'

백현은 히죽 웃었다.

"그때는 몰랐지만, 지금은 압니다."

그 질문에는 답이 없다.

무엇이든 대답이 될 수 있다. 스스로 믿고 있다면, 무엇이든 답이 될 수 있다.

진심으로 무를 사랑하고 추구한다면 누구나 무가 무엇인지 답할 수 있을 것이다.

하지만 그것이 정말로 답이 되기 위해서는, 그 누구보다 자기 자신이 확신을 가져야 한다.

"그럼 현아. 네게 있어서 무란 무엇이냐?"

"나 자신."

백현은 자신의 가슴을 두드리며 대답했다.

"내가 살아온 전부. 내가 살아갈 미래. 내 모든 인연. 그 전부가 나고, 무(武)입니다."

대답에 흔들림은 없다. 백현은 자기 자신이야말로 무라고 절대적으로 확신을 가지고 있었다.

'백현'이라는 존재가 무를 정의하는 것이 아니다. 그의 삶이 무에 맞춰져 있고 추구하는 것이다.

그렇기에 백현은 자기 자신이야말로 무라고 확신했다.

그에게 있어서 무란, '나'다.

백현이 특별해서, 백현 자신이 무가 되는 것은 아니다. 백현이 아닌 다른 누군가라도, '나' 자신을 무라 여길 수 있다.

"넓구나."

무신마가 웃었다. 투신도 웃음을 터뜨렸다.

넓다. 그 넓음만을 말한다면 백현의 무리는 투신의 투쟁마저 포용하고 있다.

싸움과 승리를 추구한 투신의 삶 또한, 투신에게 있어서는 '나'인 것이다.

"건방진 놈."

그래서.

백현의 길은 멀고, 험하다. 그의 길은 스스로에 대한 절대적인 확신과 나 자신의 완성이 없다면 나아갈 수 없다.

투신은 손가락으로 담배를 튕겼다.

그는 공중에서 흩어지는 꽁초를 보며 히죽 웃었다. 건방지지만 싫지 않다. 오히려 좋았다. 투신은 먼 미래에 백현이 얼마나 완성될지가 기대되어 견딜 수 없었다.

무신마는 조용히 일어섰다. 그는 잠시 하늘을 쳐다보다가, 백현을 내려 보았다.

뻗은 손이 가늘게 떨리고 있었다. 백현은 웃으며 무신마의 손이 자신의 어깨에 닿는 것을 바라보았다.

많은 기억을 떠올린다.

도원경에서의 기억이다. 갑작스러운 상황을 이해하지 못하던 청년. 대뜸 무를 아느냐는 질문을 받으며, 차가운 연못에 내던져졌던 청년이 그때의 백현이었다.

스스로가 천무성임을 깨우치고, 이십 년 동안 가혹한 수행을 받았다. 죽고 죽이고를 반복하며 인성이 파괴되었다.

그 모든 것이, 얼마나 후회스러웠나. 시간은 충분히 있었다. 단지 무신마 본인이 조급했을 뿐이라. 추억을 쌓는 것보다는……. 무공을 가르치는 것에 몰두했다. 그 모든 기억이 무신마에게는 후회로 남았었다.

"미안하구나."

무신마가 조용히 눈을 감았다. 회한이 눈물이 되어 흘렀다.

"그리고 고맙구나."

그 청년이. 등선을 앞둔 이별에서, 눈물을 펑펑 쏟던 청년이. 훨씬 커져서 선계에서 재회했고, 지금은……. 닿지도 않는 먼 곳에 있게 되었다.

스승과 무인의 구분이 필요 없었다. 무신마 주한오는 제자의 성취가 진심으로 기쁘고 고마웠다. 부족한 스승의 가르침을 토대로 스스로 수행하고 추구했다. 작던 청년은 거인이 되었다.

"스승님 덕분입니다."

백현은 무신마의 손을 맞잡으면서 꾸벅 고개를 숙였다.

"스승님 덕에 무가 무엇인지, 무가 얼마나 즐거운 것인지 알았습니다."

만약 스승을 만나지 않았다면.

어떻게 되었을까.

상상도 되지 않았다. 무가 없는 삶은 아무런 의미가 없을 것 같았다. 애초에 알지 못하고 사는 삶…….

모른다.

역시 상상이 되지 않는다. '만약에' 그렇게 살게 되었을 백현은 존재하지 않는다. 백현은 지금이 좋고 즐거웠다.

과거도, 지금도. 그리고 앞으로도.

쭉 즐거울 것이 틀림없었다.

11장
다 같이

다 됐다.

그 말을 들었을 때. 백현은 즉시 독일에 있는 아이언메이드의 성역으로 떠났다.

최근 부쩍 발렌시아와 자주 쑥덕거린다며 사라와 야화가 의심의 눈을 보냈지만, 백현은 그녀들이 따라오게 두지 않았다. 괜한 말을 했다가 싸늘한 반응을 듣는 것이 두려웠기 때문이다.

'좋은 말은 안 나올 것 같아.'

예상되는 가장 무난한 반응이, '미쳤냐?' 정도였다. 그렇다고 물릴 생각은 없었다. 기왕 해보기로 마음먹은 것이고, 하고 싶기도 했다. 그러니 일단 저질러 버린 것이다.

후환이 조금 두렵기는 했지만, 그것보다는 설렘이 더 컸다.

백현은 가슴의 두근거림을 느끼며 은화산의 입구로 향했다.

비행기는 타지 않았다. 일등석이니 뭐니 하도 직접 날아가는 것이 훨씬 빠르고 편했다.

처음 와보는 독일이지만 관광 생각도 없었다. 급한 마음은 이미 은화산의 정상에 가 있었고, 실제 걸음도 은화산의 입구를 지났다.

백현은 부푼 기대를 안고 은화산의 정상을 올려 보았다.

"오셨어요?"

은화산 정상에 위치한 아이언메이드의 공방. 그 입구에서 발렌시아와 비서가 백현을 기다리고 있었다.

백현은 방긋 웃으며 그녀들에게 손을 흔들었다. 그러다가 문득 알아차리고서 비서를 뚫어져라 보았다. 그 시선에 비서가 마음껏 보라는 듯이 활짝 편 가슴을 내밀었다.

"축하해."

비서에게 더 이상 기계 장치는 없었다. 지금의 그녀는 살아 있는 심장을 가지고 있었다.

그 모습을 직접 보니, 백현의 기대는 더 커졌다.

"고마워요."

"아이언메이드를 만나러 온 거지?"

발렌시아가 물었다.

그녀는 백현이 온다는 이야기는 들었지만, 오는 이유는 아직 알지 못하고 있었다.

발렌시아는 고개를 갸웃거리면서 닫힌 공방 문을 가리켰다.

"아이언메이드는 안에서 기다리고 있어. 자기가 불렀으면 직접 나올 것이지 말이야."

"괜찮아, 내가 부탁했던 거니까."

백현은 웃으며 대답했다.

그 웃음이 묘하게 거슬렸다. 발렌시아는 영 꺼림칙하단 눈으로 백현을 보다가, 앉아 있던 몸을 일으켜 길을 열어주었다.

백현은 후다닥 뛰어 문 앞에 섰다.

쿠구궁!

문이 열린다. 백현은 가슴의 설렘을 진정시키면서 열린 문틈으로 먼저 들어갔다.

지난번에 한번 와본 곳이기는 하지만. 여전히 적응이 안 되는 장소다.

아이언에이드의 공방. 이곳은 금속과 기름의 냄새가 가득하다.

수백 수천 개의 톱니바퀴가 서로 맞물리며 규칙적인 소리를 내고, 용암이 연못처럼 고여 부글거리며 끓는다.

그 한복판에 존재하는 아이언메이드는, 움직일 일이 없는 철상처럼 보였다.

아무리 봐도 인간은 아니다. 굳이 닮은 것을 꼽자면, 아이언메이드의 본신은 우주 어딘가에 있을 법한 외계인, 기계 종족처럼 보였다.

그는 매끄러운 금속 재질의 촉수를 움직이며 백현은 돌아보았다.

[왔나.]

"빨리 왔지?"

아이언메이드가 촉수 끝을 까딱거리며 흔들었다. 기괴한 모습이지만, 첫 만남에도 당황하지는 않았다.

고작 저런 비주얼에 놀라기에는 너무 많은 경험을 해버렸다. 생긴 것은 삭막하고 인정머리도 없어 보이지만. 아이언메이드는 합리적이었고, 마법사다운 면도 있었다. 할 수 있다면 해보려 한다.

그런 면에서 아이언메이드와 백현은 이해관계가 맞았다. 서로가 할 수 있었고, 해보려 했다. 그렇게 했다. 그것뿐인 이야기였다.

[이쪽으로.]

아이언메이드가 촉수를 꾸물거리며 움직였다. 백현은 후다닥 걸음을 좁혀 아이언메이드의 뒤를 따랐다.

들끓던 용암 연못이 갈라졌고, 아래로 이어지는 계단이 나타났다.

백현은 붕 떠올라 아래로 내려가는 아이언메이드를 쫓으며 물었다.

"잘됐어?"

[직접 봐라.]

심드렁한 투의 대답이었지만, 뿌듯함과 자신감이 느껴졌다. 그런 태도가 백현을 더 설레게 만든다.

계단이 끝났다.

아이언메이드의 이동이 빨라졌다. 백현은 아이언메이드가 향하는 지하의 중심을 바라보았다.

큼직한 수정 같은 것이 있었다. 땅과 천장에서 튀어나온 배관 같은 것이 수정과 연결되어 꿈틀거린다.

수정의 내부는 뭔지 모를 액체가 가득 차서, 보글거리며 기포를 만든다. 표면에는 복잡한 문자와 마법 술식이 새겨져 있었다.

자세히 보면 수정뿐만이 아니었다. 이 공간 전체에 복잡한 술식이 깔려 있었다. 공간 자체가 저것을 위해 기능하고 있었다.

[시행착오를 걸쳐서 만든 걸작이다.]

아이언메이드가 말했다.

그는 더 이상 뿌듯함을 숨기지 않았다. 만족스러운 창조물이니 자랑하고 싶은 것이 당연했다.

백현은 천천히 걸어 아이언메이드의 곁에 섰다.

그는 눈을 빛내면서 수정에 손을 가져다 댔다.

그의 손이 직접 닿자 수정 표면에 새겨진 문자들이 빛을 발했다.

"이상한 수작은 부리지 않았겠지?"

[쓸데없는 의심이다.]

아이언메이드가 짐짓 불쾌하단 투로 대답했다.

[애당초 그렇게 계약하지 않았나. 난 만들 뿐. 그 외에 아무 것도 하지 않는다. '이것'은 그렇게 만들어졌다. 기능은 확실하 지만, 그 외에 마법적인 처리는 되어 있지 않다.]

아이언메이드의 말처럼.

백현과 아이언메이드는 그렇게 계약했다. 백현은 만들 수 있게 해주고, 아이언메이드는 만든다. 그 과정에서 백현이 염 려하는 수작은 완전히 배제된다.

백현의 입꼬리가 씰룩거리며 올라갔다.

수정의 안에는, 자그마한 체구의 소년이 있었다. 얼굴은 조금 다르다. 백현과 닮기는 했지만, 그의 어린 시절과 똑같지는 않다.

호문쿨루스.

아이언메이드는 백현에게 템페스트의 정보를 얻었고, 그를 토대로 하여 호문쿨루스를 창조하는 것에 성공했다.

본래라면 그것으로 끝이 났겠지만, 백현은 아이언메이드가 만들어낸 호문쿨루스를 보고서 어떠한 생각에 도달했다.

지금의 세계.

어비스에 침식되어 있고, 몬스터가 나타난다. 얼마 남지 않 은 신격들은 인간과 계약해 권속으로 삼고, 신격의 권능을 얻 은 인간들이 헌터가 되어 몬스터를 사냥한다.

앞으로 쭉 그럴 것이다. 신격들은 인간의 신앙을 받아 점점 강해질 것이고, 헌터들 또한 신격의 권능을 다뤄가며 성장할 것이다.

어비스의 주인이 된 백현은 몬스터를 내보내면서 헌터들이 성장할 동기를 부여한다.

그 모든 것이 백현이 살아가야 할 영원을 위한 안배였다. 시간이 흐를수록 신격들은 강해지고 헌터는 강해진다. 백현도 강해질 것이다.

그것으로는 부족하다. 어비스의 신격들과 백현 사이의 간극은 너무나도 크다.

아무리 시간을 줘봤자 그 간극이 좁혀질 일은 없을 것이다. 그럼에도 기대하게 되는 것은, 혹시 모른다는 기대 때문이다.

그 부족함을 덜어내기 위해 백현이 도달한 답은 굉장히 간단했다.

아이언메이드는 호문쿨루스를 만들 수 있다.

단순한 호문쿨루스? 다르지 않다. 부족해도 한참 부족하다. 백현이 원하는 것은 창조자인 아이언메이드를 뛰어넘는 호문쿨루스였다.

그래서. 많은 것을 제공해 주었다. 아이언메이드를 뛰어넘을 수 있는 호문쿨루스를 만들기 위해서.

아이언메이드는 백현의 제안을 미치광이의 발상이라 평가했지만, 거절하지는 않았다. 그 역시 이 일에 굉장히 많은 흥미를 가졌기 때문이다.

그렇게 이해관계가 맞았고, 오늘에 도달했다.

백현은 자신에게서 비롯된 호문쿨루스를 응시했다.

백현이 원했던 것은 아주 간단했다. 천부적인 자질. 자신과 똑같은 자질. 천무성. 혼돈에 대한 선천적인 이해.

그렇게 해서 만들어진 호문쿨루스가 지금 백현의 눈앞에서 잠들어 있었다.

양산은 불가능하다.

백현은 혹시 모를 일을 대비해 아이언메이드와 많은 계약을 맺었다. 백현이 허락하지 않는 한, 아이언메이드는 이런 호문쿨루스를 다시는 만들 수 없다.

일방적인 조건이었지만 아이언메이드는 납득하고, 불쾌해하지도 않았다. 저런 호문쿨루스를 만들어냈다는 것만으로도 넘치는 만족을 얻었기 때문이다.

백현은 수정의 표면을 어루만지며 한참이나 호문쿨루스를 응시했다.

"언제 깨어나지?"

[당장에라도.]

아이언메이드가 대답했다. 이미 완성은 되어 있다. 수정 요람을 나간다면, 당장 눈을 뜰 것이다.

[네 요구 사항대로. 신체 나이는 소년으로 맞추어놓았다. 네

기억은 거의 옮기지 않았지. 하지만 인격 자체는 너와 크게 다르지 않을 것이다.]

"아직은 '나'니까."

백현은 그렇게 중얼거리다가 웃었다.

당장의 인격은 백현과 크게 다르지 않다지만, 앞으로 바뀌어 나갈 것이다.

그것을 위해서 호문쿨루스의 성장을 소년 시절로 멈춘 것이다. 이 호문쿨루스는 앞으로 많은 것을 배우며, 겪어나갈 것이다.

그리고 그 나이가 소년을 넘어 청년이 되었을 때. 그때의 호문쿨루스는 백현과 전혀 다른 별개의 존재가 될 것이다.

[호문쿨루스라는 자각은 분명히 하고 있을 것이다. 굳이 할 필요는 있나 싶지만.]

"나중에 출생의 비밀을 알고서 난리 치면 귀찮잖아."

[과연. 그럴 수도 있겠군.]

아이언메이드가 감탄하여 중얼거렸다.

인격은 이미 형성되어 있다. 호문쿨루스라는 자각도 있다. 어느 정도 지식도 있다.

백현은 아이언메이드에게 힐긋 눈짓을 줬다. 그 뜻을 이해한 아이언메이드가 촉수를 움직였다. 그러자 수정이 쩍 하고 갈라졌다.

액체는 쏟아지지 않고 그대로 증발해 버렸고, 호문쿨루스만이 앞으로 휘청거리며 쓰러졌다.

백현은 즉시 호문쿨루스의 몸을 받아주었다. 따스한 체온
이 느껴졌다. 두근거리는 심장 고동도 그대로 느껴졌다.

틀림없이 살아 있었다. 그것을 안고서, 백현은 잠시 동안 그
대로 서 있었다.

'따지고 보면 내 아들 아니야?'

그러면 엄마는 아이언메이드인가.

그렇게 생각하니 왠지 소름이 돋는 것 같았다. 하지만…….
아들이라는 생각이 아주 틀린 것은 아니었다. 실제로 이 호문
쿨루스는 백현의 정보로 만들어졌다.

하지만 백현은, 아들을 키우고 싶다는 욕구로 호문쿨루스
를 요구한 것이 아니다.

"구배지례부터 가르쳐야 하나?"

백현은 진지한 표정을 지으며 중얼거렸다. 오래전에 스승과
했던 약속이다.

언젠가 천무성의 자질을 가진 자를 찾아내서, 제자로 키워
내라고. 사실 쭉 잊고 있었는데, 이번에 도원경에서 스승을 만
나며 떠올려냈다.

'호적수가 필요해서 가르칠 생각이었는데…….'

애초에 호문쿨루스를 원했던 목적에서 하나가 더해졌을 뿐
이다.

어차피 이 세상에 백현을 제외한 천무성은 존재하지 않는다. 다른 세상이라고 해도 있을지 알 수 없다. 그래서 만든 것뿐이다. 당장은 제자로 키우겠지만, 언젠가는.

백현은 즐거운 미소를 지었다. 시간이 얼마나 걸릴지는 알 수 없었지만, 그 정도 시간쯤이야 얼마든지 기다려 줄 수 있었다.

호문쿨루스의 눈꺼풀이 파르르 떨렸다. 백현은 숨을 죽이고서 그가 눈을 뜨는 것을 기다렸다.

떨리던 눈꺼풀이 움찔거리며 들렸다. 눈을 뜬 호문쿨루스는 소년의 외모에 걸맞지 않게, 당황 따위는 하지 않았다.

호문쿨루스라는 자각과 어느 정도 형성된 인격은, 지금의 상황을 충분히 이해하고 있었다.

"제가 당신을 뭐라고 불러야 하나요?"

호문쿨루스가 고개를 갸웃거리며 물었다. 백현은 그 앳된 목소리에 부르르 몸을 떨었다.

"스승님."

"구배지례를 올려야 하나요?"

"어, 음. 아냐, 괜찮아. 낯 간지럽게 무슨."

백현은 고개를 저었다.

절을 올리는 것을 싫어하던 마황의 마음이 조금은 이해가 되는 것 같았다. 호문쿨루스는 눈을 깜박거리며 백현을 쳐다보다가, 고개를 끄덕거렸다.

"네, 스승님."

뭔지 모를 기분이 백현의 가슴 속에서 꿈틀거렸다.

스승님이라는 말이 이렇게 듣기 좋은 것이었나.

언제나 부르기만 했지 직접 불릴 일은 없었는데. 이렇게 듣게 되니 스, 승, 님. 이 세 글자가 참 묵직한 울림을 가진 것처럼 느껴졌다.

백현의 품 안에서 벗어난 호문쿨루스가 비틀거리며 일어섰다. 그는 잠시 동안 자신의 몸을 내려다보다가, 제 자리에서 몇 번 뜀박질을 했다.

그러고는 주먹과 발을 휙휙 휘둘렀다. 무공이나 기에 대한 이해는 없을 텐데, 몸놀림이 굉장히 가벼웠다.

선천적으로 강인한 호문쿨루스의 육체 때문이었고, 무의 축복을 받는 천무성의 자질 덕분이기도 했다.

백현은 몸을 푸는 호문쿨루스를 흐뭇한 눈으로 바라보았다.

"그런데 제 이름은 뭔가요?"

몸풀기를 끝낸 호문쿨루스가 백현을 쳐다보며 물었다.

그 질문에 백현의 말문이 막혔다. 그는 반사적으로 아이언메이드를 돌아보았지만, 아이언메이드는 왜 자신을 쳐다보냐는 듯이 촉수를 으쓱거렸다.

"……어……."

이름은 생각해 본 적이 없었다. 똑같이 백현이라고 불러야 하나? 순간 그런 생각이 들었지만, 즉시 머릿속에서 지워 버렸다. 구분이 귀찮다는 것이 그 이유였다. 게다가 저 호문쿨루스가 백현과 완전히 똑같은 것도 아니니, 새로운 이름은 필요했다.

"……나 혼자 정하지 말고, 다 같이 정하는 것이 낫지 않을까."

슬슬 뒷감당을 어찌해야 할지 떠올리면서, 백현은 어색한 미소를 지었다.

"너 미쳤지?"

예상했던 대로의 반응이었다.

거실 한복판에서 백현은 죄인의 심정을 느끼고 있었다. 맞은편에 앉은 사라는 기가 찬다는 표정이었고, 야화는 그 곁에 앉아서 삐딱하니 고개를 기울인다.

아직 이름도 정하지 못한 호문쿨루스는, 지금의 상황마저도 이해하고서 의젓한 표정을 짓고 있었다.

사라는 홀로 떨어져 앉은 호문쿨루스를 힐긋 보면서 주먹을 부르르 떨었다.

"상의라도 해야 할 것 아냐……!"

"그……. 상의가 필요한 일인가 싶기도 하고……."

"왜 필요 없어! 따지고 보면 네 자식인 거잖아!"

사라가 빽 고함을 질렀다.

그녀가 화를 내는 이유가 바로 그것이었다. 저 호문쿨루스.

결국은 백현에게서 태어난 자식이다.

사라의 입장에서는 혼외자식이라 해도 과언이 아니었다. 혼외자식! 그 단어를 떠올렸을 때, 사라의 머릿속에는 여태까지 섭렵해 온 숱하게 많은 막장 드라마들의 명장면들이 흘러갔다.

여태껏 대한민국에 방영된 연속극 중 혼외자식이 등장하지 않은 드라마가 오히려 드물 것이다.

"마, 말도 없이……. 직접 낳을 생각은 안 하고……!"

"그……. 천무성이 유전될 것 같지도 않고……."

"넌 그게 중요해? 쟤가 불쌍하지도 않아?"

"전 괜찮아요."

사라가 답답해 가슴을 두드리며 외쳤지만, 호문쿨루스는 아무렇지도 않다는 투로 대답했다.

그 대답에 사라의 고개가 삐걱거리며 돌아갔다.

"……괜찮다고?"

"네. 스승님이 절 필요로 한 이유는 저도 이해하고 있고, 오히려 감사를 느끼고 있습니다."

"역시 나다."

"쓸데없는 것만 주입했어……."

백현은 흐뭇해 고개를 끄덕거렸고, 사라는 머리를 부여잡았다. 혼외자식이라고 생각하니 참 여러 가지 복잡한 기분이 들었다.

호문쿨루스에게 미운 감정은 없었지만, 백현의 충동적인 행

280 18

동은 화가 난다. 특히 그녀를 화나게 하는 것은······.

"······음양화신은 필요 없었어?"

"응?"

"체질 말이야······! 천무성에 음양화신까지 타고났으면 훨씬 셌을 것 아냐!"

결국 이것이었다. 저런 식으로 호문쿨루스를 만들기로 했다면. 사라의 정보도 더해도 되지 않나. 멀뚱거리는 백현의 시선에 사라는 헛기침을 하며 얼굴을 붉혔다.

'과감해야 합니다.'

선계에서 들은 스승의 당부가 떠올랐다. 그 말에 뭔가 결심하고 과감해지려고 노력은 하고 있지만, 아직 그녀는 부끄러움을 넘지 못했다. 덕분에 관계는 입맞춤에서 더 진전이 되지 않고 있었다.

"과유불급 몰라? 천무성에 음양화신이면 너무 많잖아."

"뭐 어때! 불 뿜고 얼음 뿜고 멋있잖아!"

뭐가 멋있다는 것인지. 백현은 사라의 외침에 그다지 공감할 수가 없었다. 직접 말은 하지 않았지만 호문쿨루스도 그렇게 생각하는 모양이었다.

백현은 미묘하게 찌푸려진 호문쿨루스의 눈썹을 보며 흐뭇한 동질감을 느꼈다.

"이미 태어났으니 어쩔 수 없지 않소. 설마 마음에 안 든다고 없애자는 것은 아니겠지?"

야화가 사라를 흘겨보면서 물었다. 이 상황에 야화는 먼 과거의 기억을 떠올리고 있었다.

마룡으로 태어나 경원시 받던 신비경의 기억이었다. 만약 여기서 사라가 호문쿨루스를 부정해 버린다면 사달이 날 것이 틀림없었다.

"미쳤어? 언니는 왜 말도 안 되는 소리를 하는 거야?"

사라의 목소리가 뾰족해졌다.

마음에 안 드니까 없애자. 그 무슨 끔찍한 말인가? 야화랑 똑같지는 않지만 사라도 어디 가서 꿀리지는 않을 비참한 과거사를 가지고 있었다. 그녀의 과거는 퓨어세인트의 삐뚤어진 애정으로 얼룩져 있었다.

"그러면 이 주제는 그만두지. 태어나 버린 아이오. 상황이 우습다지만, 낳아버린 이상 책임져야 할 의무가 있소."

"어……. 감사합니다."

야화의 무게 있는 말에 호문쿨루스가 더듬거리며 고개를 꾸벅 숙였다. 생각해 보면 여기 있는 셋의 과거는 경중의 차이가 있을 뿐이지, 평범하지는 않았다.

백현만 해도 어린 시절 사고로 양친을 여의고 고아원에서 자라지 않았나. 그렇다 보니 셋의 의견은 한 곳으로 좁혀졌다.

"잘 키워야 돼."

"인격은 나이에 비슷하게 형성되어 있다 하였지? 교육이 잘 못되면 미친 망나니가 되어버릴 것이오."

야화가 백현을 힐긋 보며 중얼거렸다. 그 시선을 받으면서 백현은 다른 생각을 하고 있었다.

아무리 생각해 봐도, 여기 있는 셋 중 제대로 된 교육자는 없었다. 무공이야 얼마든지 가르칠 수 있겠지만. 사라와 야화가 중점을 둔 '인격'적인 교육은 불가능하다.

백현도, 사라도, 야화도. 자기만의 가치관이 확고했고, 결코 인격적으로 뛰어난 위인들은 아니었다.

백현의 인격이 파탄 난 것이야 그 스스로도 자각하고 있는 일이고, 사라는 애정 결핍이다. 특히 최근 들어서는 이상하게 목욕 중에 욕탕을 힐긋거리고, 백현이 잠든 침대 주변을 기웃 거린다. 그런 사라의 행적은 백현으로서도 정조의 위협을 느끼게 하는 애욕의 화신이라 할 만했다.

야화? 말해 무엇 하나. 죽어 마땅한 놈들이기는 해도, 야화는 자신의 아버지와 배다른 오라비를 찢어 죽인 장본인이었다.

"본녀가 무엇이 잘못되었다는 것이오?"

"나처럼 안 키우면 되는 거잖아!"

으레 그렇듯, 남의 흠은 잘 보여도 자기 흠은 잘 보지 못하는 법이다. 덕분에 백현의 고민은 진지해졌다.

대체 어떻게 교육해야 반듯이 잘 자라날까? 이대로 키운다면 백현의 무공에 셋의 일그러진 광기와 애정이 엄청난 괴물을 만들어 버릴지도 모른다.

하지만 주변에 인격적인 교육을 부탁할 인물이 없었다.

서민식은 백현과 다를 것 없는 고아원 출신. 지금은 템페스트와 함께 오지를 떠돌고 있다.

샤나크? 놈 역시 인격이 파탄나지 않았나. 악몽의 결정자도 마찬가지였다.

라이 룽? 꽤 어울릴 듯했다. 라이 룽의 까탈스러운 성격이라면 회초리도 아낌없이 휘두를 것이다.

무령? 다를게 뭔가, 그 역시 아버지에게 심적으로 학대를 받았고 끝내 아버지를 죽이지 않았나.

'주변에 패륜한 놈이 뭐 이리 많아?'

따지고 보면 무령의 패륜은 백현이 등을 떠민 것이었지만. 백현은 그런 생각은 추호도 하지 않았다.

흑장미여왕…… 마족에게 인격적인 교육을 부탁하는 것이 이치에 맞는 일인가?

"아."

하나씩 치우다 보니, 백현은 실로 적합한 인물을 떠올릴 수 있었다.

정수아. 화목한 가정에서 자라났고 아버지의 사랑도 듬뿍 받았다. 정의감도 투철하다. 놀랍게도 정수아가 백현의 주변에서 가장 상식적인 인물이었다.

"제 교육자를 정하는 것보다는 이름을 정하는 것이 먼저 아닌가요?"

보다 못한 호문쿨루스가 목소리를 냈다. 아직 그의 이름은 정하지도 않았다.

"백라현."

"뭔 헛소리를 하는 것이오."

"성은 백일 것 아냐. 거기에 쟤 이름이랑 내 이름을 섞어서……."

"발상이 유아적이오. 라현? 부르기도 어렵겠군."

"언니는 생각해 둔 이름 있어?"

사라가 눈을 째리며 물었다. 그 질문에 야화는 잠시 고민에 빠졌다. 생각해 둔 이름이 있을 리가 없었다.

"……승룡……?"

"백승룡? 되게 촌스럽다."

"승천하는 용이 되라는 뜻이오."

야화가 헛기침을 하며 말했다. 촌스럽다는 평가는 차마 부정하지 못하는 모양이었다.

"백이현."

백현이 슬쩍 의견을 냈다. 모두의 시선이 백현에게 꽂혔다.

뭐 얼마나 거창한 뜻을 가진 것인지 묻는 눈이었다.

"……이 할 때 이(二)를 붙여서 백이현."

"그냥 어디 철학관 가서 지으면 안 돼? 돈 내면 그럴듯하게 지어주잖아."

"차라리 백혼은 어떻소. 혼돈의 혼을 따서."

"강아지 이름 짓는 게 더 쉽겠다."

"왜 당연한 말을 하는 거야?"

"그냥 제가 나중에 생각할게요."

의견이 좁히지 않는다. 이번에도 보다 못해 호문쿨루스가 나서서 중재했다.

호문쿨루스가 그렇게 직접 말해주니, 다들 내심 다행이라는 생각을 했다.

직접 나서서 이름을 지었는데, 나중에 그 이름이 이상하다고 욕을 먹으면 무슨 개망신이란 말인가. 차라리 자기가 직접 짓게 두는 편이 낫다.

"그래서. 저 아이를 제자로 키우겠다 이 말이오?"

"스승님이랑 약속도 했었어. 제자를 들이겠다고 말이야."

"키워서 잡아먹으려는 것이 아니고?"

사라가 중얼거렸다.

잡아먹는다니. 백현이 웃음을 터뜨렸다.

"제자이면서, 경쟁자로 키우고 싶은 거야."

"자식으로 키우고 싶은 마음은 없고?"

사라가 슬며시 물었다. 그녀는 힐긋거리며 호문쿨루스의 얼굴을 쳐다보았다.

계속 봐서가 아니라, 처음 보았을 때부터 귀엽다는 생각을 했다. 아주 똑같지는 않아도 은근히 백현을 닮은 생김새가 사라에게 모성애라는 싹을 틔우고 있었다.

"굳이 말하면 자식이기도 하니까……."

"엄마는?"

"없…… 지? 굳이 말하자면 아이언메이드가 엄마……."

사라의 눈에 쌍심지가 켜졌다.

백현은 찔끔 입을 다물었다. 그러고는 헛기침을 하면서 사라를 쳐다보았다.

"……그럼 네가 엄마가 되어줄래……?"

"지금 프로포즈하는 거야?"

"어?"

사라의 얼굴이 붉게 물들었다. 백현은 어이가 없다는 표정을 지으며 사라를 쳐다보았다.

왜 말이 그렇게 된단 말인가? 하지만 지금의 사라에게 백현의 대답 따위는 중요하지 않았다.

그녀는 주섬주섬 핸드폰을 꺼내더니 무언가를 열심히 검색하기 시작했다.

그녀는 이미 검색창에 좋은 엄마가 되는 법과, 초등학생 아이를 키우는 법 따위를 검색해서 탐닉하고 있었다.

"본녀는 어머니의 사랑이 무엇인지 잘 알고 있소."

야화가 입을 열었다.

"장담하건대, 그대 중 누구보다도 본녀가 어머니의 사랑을 잘 알 것이오."

야화는 분명한 자신을 가지고 있었다. 그녀는 어머니 화조명을 떠올리면서 호문쿨루스를 응시했다. 그 자애 넘치는 시선에 호문쿨루스가 어깨를 움츠렸다.

"어머니라고 불러보시오."

"네……?"

"어머니라고 불러보란 말이오."

"내가 첫째 엄마야."

"아이에게 학습을 강요하지 마시오. 누구를 어머니라 부를지는 저 아이 자신이 정하는 것이오."

사라와 야화의 시선이 부딪쳐 불꽃을 튀었다.

먼저 어머니라고 불러보라 시켰으면서, 저건 강요가 아니란 말인가?

백현은 그런 의문이 떠올랐지만, 차마 야화에게 직접 말하지는 못했다.

그는 어쩔 줄 몰라 하는 호문쿨루스를 보면서 낮게 헛기침을 했다.

"······호문쿨루스야."

"꼭 그렇게 불러야 하오?"

"그럴 거면 그냥 당장 이름을 정하지?"

"······제자야."

야화와 사라가 이죽거리자, 백현은 다시 헛기침을 하면서 호칭을 수정했다.

차라리 이름을 제자라고 할까. 문득 그런 생각이 들었지만, 이 말을 했다가는 뭔 욕을 처먹을지 몰라 얌전히 가슴속에 묻었다.

"네, 스승님."

백현의 부름에 호문쿨루스가 의젓한 표정을 지으며 제대로 앉았다. 백현은 그 모습에 흐뭇함을 느끼며 말했다.

"내가, 한번 꼭 해보고 싶은 말이 있어."

"무엇입니까?"

"제자야."

백현은 다시 한번 호문쿨루스를 불렀다.

그리고 한 번 호흡을 가다듬었다.

그 짧은 사이. 숨을 삼키고, 내뱉고. 그 일련의 과정에서 많은 상념이 백현을 스치고 지나갔다.

아. 백현은 무언가가 자신의 몸 안을 가득 채우는 것을 느꼈다. 그 자신인 '무'가 돌고 돌아 도달한 지금을 기쁘게 여기

고 있었다.

"무를 아느냐."

그 질문을 들은 것이 시작이었다.

처음 스승에게 그 질문을 들었고. 줄곧 무를 아는가, 무란 무엇인가……. 생각해 왔다.

답은 얻었다. 그 답에 확신을 가지고 있다. 그는 무신이었다.

그 처음. 시작이 되어 인연과 인연이 이어진다. 줄곧, 무를 추구해 왔다. 답을 내렸을 때. 맺은 인연은 모두 결실을 맺었다.

백현의 무는 그가 살아오고, 살아가야 할 삶 자체였다. 그건 거대한 연쇄이고, 굴레처럼 느껴졌다. 무란 무엇인가. 그로 시작된 굴레가 지금 이곳에 다시 이어졌다.

"……잘 모르겠습니다."

호문쿨루스가 잠시 고민하다가 대답했다.

그는 스스로가 천무성임을 안다. 무가 무엇인지…… 어느 정도는 알고 있다.

하지만 그것이 정답이라는 확신은 내리지 못한다. 당연했다. 그는 이제 막 태어났다.

"하지만……. 즐거운 것이라고 생각합니다."

확신은 없어도. 천무성이라는 자질이. 그를 태어나게 하고, 확실하게 영향을 준 백현이란 존재가. 무에 대한 넘치는 사랑과 즐거움을 알고 있다.

무를 아느냐는 질문을 듣고, 그에 대해서 머뭇거리며 대답을 했을 때. 호문쿨루스는 가슴 깊은 곳에서 즐거움을 느꼈다.

대체 왜 즐거운 것인지는 모르겠다. 하지만, 그 이유쯤이야 앞으로 알게 될 것이 틀림없었다.

"맞아."

백현은 웃으면서 고개를 끄덕거렸다.

그는 천천히 일어서서 호문쿨루스에게 다가갔다. 사라와 야화의 다툼은 이제 신경도 쓰이지 않았다. 그는 결국 무가 좋았다.

"무는 즐겁지. 아주, 아주 즐거워."

승패에 구애받지 않는다. 그저 추구하는 것만으로도 즐겁다. 수행과 싸움, 단순한 명상마저도.

백현에게, 무신에게 있어서 무란 곧 자신이며, 삶 자체이니까.

"그거면 돼."

백현은 그렇게 말하면서 목에 걸고 있던 파라넥트를 벗었다. 그리고 그것을 호문쿨루스이 목에 직접 걸어주었다.

호문쿨루스는 고개를 갸웃거리며 파라넥트를 쳐다보았다. 그게 무엇인지 아는 사라와 야화의 얼굴이 떨떠름하니 변했다.

"스승님. 이게 뭐죠?"

"맞아도 안 죽게 해주는 신기한 목걸이란다."

백현은 자애 넘치는 목소리로 대답했다.

호문쿨루스의 뺨이 뻣뻣하니 굳었다.

"이게 꼭 필요한 건가요?"

"암, 필요하고말고. 팔다리가 잘리고 으깨지거나, 혹시라도 죽어버리기라도 한다면. 즐거운 것을 더 많이 하지 못하게 되잖니."

"아…… 그렇군요."

결국 본질은 같은 것인지.

백현의 진지한 대답에 호문쿨루스도 납득하여 고개를 끄덕거렸다.

백현은 흐뭇한 미소를 지으며 호문쿨루스를 자신의 무릎 위에 앉혀두고, 파라넥트를 어떻게 자신에게 귀속시키는 것인지 알려주었다.

"정수야. 그 계집에게 연락하시오."

야화가 낮은 목소리로 사라에게 소곤거렸다.

"저대로 두면 인격이 박살 날 것이 틀림없소."

"알았어."

사라도 진지한 표정으로 고개를 끄덕거렸다.

[단체로 낮술이라도 마신 거예요?]

대뜸 연락해서 아이의 교육 담당이 되어달라는 말에 정수아는 알쏭달쏭하단 투로 물었다.

당연한 말이지만, 그녀에게 거절은 허락되지 않았다. 그러는 동안 백현은 호문쿨루스를 속옷만 입혀두고 눕혀놓았다.

"일단 파천신화공부터…… 아니, 아니다. 혈도부터 가르쳐야 하나? 자, 여기를 누르면……."

파라넥트를 명공에게 돌려주지 않은 것이 다행이었다.

시작부터 사혈을 눌러대는데, 파라넥트가 없었다면 호문쿨루스라고 해도 죽는다.

"무는……. 아프군요."

호문쿨루스가 고통을 참으며 내뱉었다. 몸 안이 박살 나는 것만 같은, 아니, 실제로 박살 나고 있었다. 하지만 이상하게 싫은 기분은 아니었다. 많은 의미가 있는 교육이었다.

어디를 때려야 아프고, 어디를 때려야 죽일 수 있는지. 이건 얘기로 듣는 것보다는 직접 겪어봐야 한다.

백현도 도원경에서 그렇게 배웠다. 아쉽게도 이 세계에 도원경은 없었다. 하지만 이가 없으면 잇몸으로 씹는다는 말이 있잖은가?

다행히 백현은 도원경에서 자신이 어떻게 배웠는지 하나도 빠짐없이 기억하고 있었고, 그대로 제자에게 가르칠 생각이었다.

"아파도 재밌지?"

"네……."

호문쿨루스가 이를 악물며 대답했다.

백현은 함박웃음을 지으며 고개를 끄덕거렸다.

"강해져야 한다, 제자야."

내가 직접 키운 제자. 내 모든 것을 가르친 제자가, 먼 미래에 얼마나 강해질까. 백현은 그것이 너무나도 기대되고 설레었다.

어쩌면, 너무 강해져 버린 제자가 백현에게 패배를 안겨줄지도 모른다.

그 얼마나 기쁜 일인가? 백현은 진심으로 그렇게 생각했다. 그렇게 패배해 버린다면. 당연히 백현은 그 패배에서 자신이 무엇이 부족한지 알게 될 것이다. 그리고 그 패배를 바탕으로 다시 제자보다 강해질 수 있을 것이다.

백현은 그것이 너무 좋았다.

그에게 있어서 무(武)는 결코 질릴 일 없는 놀잇감이자, 평생 걸어도 부족한 끝없는 길이었다. 그리고 그 길을 혼자 걸을 일은 없을 것이다.

오늘 태어난 제자도. 그가 사랑하는 존재들도. 버리지 않고 품은 모든 것들이, 그의 무도(武道)에 함께할 것이다.

"스승…… 백현 스승님! 조금만 쉬다가 하면 안 될까요?"

"아냐."

백현은 근엄한 표정을 지으며 대답했다.

과거 도원경에서 스승이 그랬던 것처럼.

"백현 스승님이 아니라. 무신 스승님이라고 불러라."

"무신 스승님……."

"나는……. 본좌는……. 음."

백현은 잠시 스승을 따라 해보다가, 질색이라는 표정을 지으며 고개를 저었다.

"그건 오그라들어서 못 하겠다."

노력해 보았지만, 자기 자신을 본좌라 칭하는 것은 민망하고 오그라들었다.

'무신이 더 꼴깝······.'

사라는 잠시 그렇게 생각하면서 몸을 일으켰다.

그녀는 턱을 괴고 백현을 보던 야화의 팔을 잡아끌었다.

"요리 가르쳐 달라면서요."

"역시 빵인가?"

"뭔 빵이에요?"

사라가 눈을 흘겼다.

"고기가 훨씬 맛있잖아."

야화도 고개를 끄덕거렸다.

The End

다시 태어난 베토벤

1827년 한 남자의 죽음으로 고전 시대가 저물었다.

그러나
그가 지핀 낭만의 불씨가 타오르니
비로소 새로운 시대가 열렸다.

긴 시간이 흘러 찬란했던 불꽃도 저물어 갈 즈음.
스스로 지핀 불씨를 지키기 위해
불멸의 천재가 다시 태어났다.

〈다시 태어난 베토벤〉

마치 운명이 문을 두드리듯
힘차게 손을 뻗어 외친다.
"아우아!"

밥만 먹고 레벨업

박민규 게임 판타지 장편소설
WISHBOOKS GAME FANTASY STORY

바사삭, 치킨, 새벽 1시에 먹는 라면!
그런데 먹기만 해도 생명이 위험하다고?

가상현실게임 아테네.
먹고 싶은 음식을 먹을 수 있는 유일한 방법!

[식신의 진가가 발동됩니다.]
[힘 1, 체력 1을 획득합니다.]

「밥만 먹고 레벨업」

"천년설삼으로 삼계탕 국물 내는 놈이 세상에 어디 있냐!"
"여기."

Wis
Book
임제열 퓨전 판타지 장편소설
WISHBOOKS FUSION FANTASY STORY
뽑기 게임에서 살아남는 법
"빌어먹을 인생."
정말 쓰레기 같은 인생이었다.
친구도, 가족도, 연인도 없었다.
어차피 망해 버린 그런 인생.
"그냥 폰 게임이나 해야지."
뽑기 게임에서 살아남는 법
지랄맞은 현실이 되어버린 게임 속에서
다시 한번 최고가 되겠다.